懐かしき古本屋たち

清水一嘉
Kazuyoshi Shimizu

風媒社

まえがき

ロンドン留学時代、漱石はほとんどの本を古本屋から買っている。それも並大抵の量ではなく、留学費用の半分以上を古本に費やしたほどであった。新本はとても高くて買えない。できるだけ多くの本を買うとしたら古本しかなかった。さいわい漱石が毎週火曜日に家庭教師を受けに通っていたクレイグ先生の家はグロースタープレイス通りにあり、帰途古本屋にたち寄るのには好都合だった。わたしはかつて「漱石の古本屋」と題する文章を書いたとき、日記に書き残している古本屋を調べたことがある。それによると市内の老舗古書店を大小にかかわらずくまなく歩いていることがわかり、バスや地下鉄に乗るということはしていないので、相当の距離をてくてくと歩いたことがわかる。買う本のためなら労をいとわずという感じである。多くの本を買うと重くて運ぶのに大変だったと思うが、どうやら古本屋は下宿まで本を配達してくれたらしい。買った本が翌日届いたという記述が日記にあるからである。漱石が行ったのは市内の書店ばかりではない。遠く離れたエレファント・カースルまで行った日の記述があるが、ここには店舗を構えた古本屋はなかった。あるのは荷車を引いてやってくる屋台の古本屋だけで、数台街角に並んで道行くひとに本を売った。この種の古本屋は本が安いので、漱石は何度も買いに行っている。屋台の古本屋はエレファント・カースルだけでなく、市内のいくつかの箇所で決まった曜日にやってきたらしい。漱石がこうして買った本は相当数であったと想像できるが、どれほどであったかは、漱石が最後の下宿リール家に引っ越したその日の日記を見れば見当がつく。明治三四年年七月二〇日につぎのように書いている。「午前ミス・リール方に引越す。大騒動なり。四時頃書籍大革鞄来る。箱大にして門に入らず。門前にて書籍を出す。それを三階まで上げる。非常な手数なり。暑気耐え難し。発汗一斗ばかり。室内乱雑。膝を容るる能わず。」

前日頼んだ木製の大箱が玄関から入らないので、なかの本を玄関先に取り出し、それを二、三冊ずつ三階の部屋まで運んだが、暑いので一斗ほど大汗をかいた。部屋の床は本だらけで立錐の余地もなかった、というのである。

さて、漱石の話はこれくらいにして、わたしのことを述べよう。わたしもイギリスへ留学したが、漱石のような本の買い方はしなかった。地方の大学に留学したわたしが住んだのは中部地方のケニルワースとレミントン・スパであった。それから何年かして今度はケンブリッジとオックスフォードにも住んだが、結局はロンドンの古本屋にはほとんどいかなかった。最初に住んだケニルワースにもレミントン・スパにも古本屋がなかったので、もっぱらカタログで本を買った。カタログはほとんど毎日届き、ほとんど毎日古本が送られてくる。そのうち隣町のウォリックにいい古本屋があることを発見し、車で通うようになった。お城のすぐそばにあるその「ウォリック・カースル・ブックショップ」はいい本屋だったが、数回も行くともうほしい本はなくなる。そこでつぎはバーミンガムやストラトフォードまで、ついでリッチフィールドやオックスフォードまで足を延ばすようになった。どの町にも特色のある本屋があり、一日楽しむことができたが、問題は距離である。結局はカタログに頼るしかなくなるが、あるときふと思いついた。カタログを送ってくれる本屋を訪ねたらどうだろうかと。興味深い本のカタログを送ってくれる本屋はきっとその分野の本を多数持っているに違いない。そう思って始めたのが古本屋めぐりの旅である。

その旅は思った以上の収穫があり、楽しい思い出にもなった。出会った古本屋の主人は、本の知識はいうまでもないが、人情にあふれ人間味があった。懐かしい古本屋たちである。その一端を書いたのが「イギリスの古本屋」の章で、これを読むと当時を思い出し、いまかれらはどうしているだろうかと感慨にふける。

懐かしき古本屋たち

目次

第1章　イギリスの古本屋たち

イギリスの古本屋

新刊本の話から始めよう。

イギリスには『ブックセラー』という週刊の業界誌があって、その巻末に載るリストを見れば、新刊書の情報はほとんどわかるようになっている。ただ、このリストは著者名と書名を一緒にしてアルファベット順に並べているだけなので、自分の関心分野の本をさがすのにはずいぶんと手間がかかる。わが国の『出版ニュース』掲載の「新刊分類旬報」のようにはいかないのである。

『ブックセラー』誌には、しかし、そうした新刊情報ばかりでなく、ページをくっていくとそこに掲載されているたくさんの広告が目につく。これらはすべて出版社の出した広告だが、そのほとんどは一カ月か二カ月さきに出る本の予告なのである。多くは表紙の写真を入れ、ときに全ページカラーという美しいのもある。そのほかこの雑誌には

「これから出る本」の主要なものをピック・アップして論評を加えた署名入りの記事や、ペイパーバックについては、毎月第一週号に「新刊ペイパーバック」と称する数ページにわたる特集記事が組まれて、ここで扱われるのはすべて一カ月後に出るペイパーバックの情報である。

わたし自身のことをいえば、イギリスの本を買うにあたって、ほとんど日本の洋書店を通さない。直接イギリスから買うことが多いのである。『ブックセラー』の情報はそのときたいへん役にたつ。ペイパーバックについてはとくにそうである。わたしの知るかぎり、この「新刊ペイパーバック」欄が唯一のまとまったペイパーバックの情報源であるからだ。

イギリスの本は近年ますます高くなっている。すぐに必要な本はやむを得ないが、いずれ一冊自分でもっておきたいというような本の場合、我慢してペイパーバックが出るのを待つのである。高度な専門書でなければ、いずれ二、三年もすればペイパーバックになる。そういった本を「新刊ペイパーバック」欄で見つける喜びは大きい。

『ブックセラー』で知った本をさっそく注文するということになるのだが、といって、その本の版元に直接手紙を書くのではない。たとえば五冊ほしい本があったとする。それぞれが異なった出版社であった場合、五通の手紙を書くのは面倒な仕事であるし、実際に手紙を書いても一冊だけでは注文に応じてくれないこともある。またその出版社の代理店が日本にあるような場合は、すべてそこを通さないと本は買えないのがふつうである。

わたしが手紙を書くのは書店である。書店といってもイギリスのどの書店でもというわけにはいかない。相当に大きな書店で、しかも海外向けの本の販売になれた書店でなければならない。ケンブリッジにヘファーズという大きな書店がある。わたしはそこに手紙を書く。この書店にはわたしの口座がもうけてあって、年に一、二回まとまったお金を払い込んでおくのである。本を注文するたびに送金していたのでは、送金手数料だけでもたいへんなことになる。海外から本を取り寄せるうま味は半減するというものだ。

こうして注文した本はやがて二カ月ほどすればわたしの手元にとどく。ところが最近奇妙なことがおこるようになった。それは注文した本がとどかない、といっても途中事故があって紛失したというのではなくて、書店からアント・オブ・プリントつまり版元品切れという通知がくるのである。数年前まではまったくなかったことである。

わたしは『ブックセラー』誌を船便で取り寄せているから、到着するまでに二カ月はかかる。ということは、広告欄で予告された本がちょうど市場に出る頃か、出て一カ月くらいのちに情報を得ていることになる。それを見て、たとえ一カ月たって注文を出したとしても、本が出てせいぜい一カ月か二カ月のちのことだ。それが品切れだというのである。これはいったいどうしたことか。おまけに再刊の見込みなしという但し書きでもついてくれればその本を手に入れるチャンスはもうないといってよい。ないとなればよけいにほしくなるのが人情である。

こういうことはわが国でも最近しばしばおこるようになった。出版後一、二カ月で品切れ絶版というのはあまりないとしても一年たたないうちに入手不可能という本はいくらでもある。しかし、日本にいればひとから借りることもできるし、図書館を利用することもできる。自分でもっておきたければ古本屋を歩き回ってさがすこともできる。多少の時間をかければたいていの本は手に入るのである。

よくいわれることだが、戦前の出版界は安定性があった。出版されて七、八年になる本でも在庫があり、しかも出版されたときの値段で買える。古きよき時代の話である。これはひとつには読者の同質性ということと関係がある。本を読む階層の定着性というものがあって、出版点数はそれほど多くはなくとも、一点一点の発行部数は多く、長年にわたって読みつがれる。読者はみな同じような本を読み、それがかれらのライフ・スタイルを形づくっていた。読者層の中心となる部分が中流階級によって占められていたのである。こうした読者の同質性は、イギリスでは一九世紀の半ば頃からほぼ百年はつづいたろうと思われる。まだ「ベストセラー」ということばがなかった時代のことである。

ところが戦後になると出版界は大きく変質していく。同族会社ではもはやはげしい出版競争に打ちかてなくなり、合併・接収が繰り返される。大資本グループが出版界の王座に君臨する。これは要するに読者層の多様化現象のなせる業である。それまで徐々に兆候はあらわれていたが、戦後になると中流階級的読者層は急速に大衆読者層へと変質していく。純文学的な読み物が片方に追いやられ、大衆的な読み物が迎えられる。作者も出版社も読者に迎合する姿勢を見せる。出版物は洪水のようにあふれ出、時をまたずして忘れ去られてしまう。ベストセラーになるのはそのうちの数点にしかすぎない。要するに安定性・持続性をもたないのである。これは、もともと中流階級的読者層といういわば「与えられた市場」をもたなかったアメリカの出版界に早くから見られた現象であって、それが中流階級の崩壊しつつあった戦後のイギリス、広くヨーロッパ各国に流れこんできたことと関係がある。

さきのわたしの経験は、こうした出版界の不定性の顕著なあらわれだといってよい。ところで、版元品切れの本を手に入れるためにはどうすればよいのか。わたしの経験したような本――それはすべてペイパーバックであったが――を手に入れるのは至難のわざである。ペイパーバックでも、先行のハードカバーの廉価版というのであれば、少々高いのを覚悟で買えないこともない。ところが、オリジナルなペイパーバックとなると、市場に出たのはそれきりである。直接イギリスへ行かないかぎりまず入手不可能であろう。

わたしはもともと安い本しか買わない。豪華本や限定本、あるいは初版本さがしには興味はない。したがってイギリスの本を買う場合もたいていはペイパーバックである。最近では、かなり高度な専門書でもペイパーバックで出るようになっている。それはひとつに戦後における大学の大衆化現象のあらわれである。イギリス各地に「ニュー・ユニヴァーシティ」といわれる新設の大学ができ、高等教育を受けるひとの数が増えた。といっても、わが国ほどでなく、総数にしてせいぜい四〇校ぐらいのものである。

それはともかく、イギリスのペイパーバックがどれくらい安いか、それをつぎに示してみよう。最近出た『ヴァージニア・ウルフの書簡集』（全六巻）を例にとればこんなふうになる。

ハードカバー（ホガース・プレス）　ペイパーバック（チャトー・アンド・ウィンダス）
（一）七・七五（一九七五）　三・九五（一九八〇）
（二）九・五〇（一九七六）　三・九五（一九八〇）
（三）一二・五〇（一九七七）　四・五〇（一九八一）
（四）一一・九五（一九七八）　四・九五（一九八一）
（五）一二・五〇（一九七九）　―
（六）一五・〇〇　―　―

ついでに同じウルフの日記（全五巻）についても見ておこう。

ハードカバー（ホガース・プレス）　ペイパーバック（ペンギン・ブックス）
（一）八・五〇（一九七七）　一・九五（一九七九）

(二)	九・五〇（一九七八）	二・九五（一九八一）
(三)	一〇・五〇（一九八〇）	—
(四)	一五・〇〇（一九八二）	—
(五)	—	—

通貨単位はすべてポンドであって、これに四三〇をかければだいたいの邦価が出る。しかし、日本の洋書店で買う場合は、一ポンド七〇〇円前後は見ておかねばならない。なおカッコ内の数字は刊行年、棒線は未刊を示している。

これで見てわかるように、ペイパーバックはたしかに安い。書簡集についていえば、ハードカバーの二分の一ないし三分の一、日記の場合は三分の一ないし四分の一である。後者においてはペイパーバックの版元がペンギン・ブックス社であることがよけいに両者の差を大きくしているともいえる。

ところで、右の表はペイパーバックの安さを示すばかりでなく、ほかにもいくつかの事実を物語っている。いまペンギン・ブックスの話が出たついでにいえば、ペイパーバックを出すにあたって、ペンギン・ブックス社は、ホガース・プレスからペイパーバック権を買っているのである。必ずしも元版の出版社が廉価版を出すとはかぎらないというのはわが国も同様である。しかし書簡集の場合はそうでない。チャトー・アンド・ウィンダス社はホガース・プレスの親会社である。子会社の出版物を親会社がペイパーバックにするというケースは最近目立って多くなってきた。

ペイパーバック化の時期についても右の表はイギリスの現状を知るのに役立つ。書簡集の場合は、三年ないし五年、日記の方は二年ないし四年の間隔がある。イギリスではだいたいこれくらいの間隔をおいてペイパーバックが出ると考えてよいが、ときには一年ぐらいで出るものもあるし、近頃では同時出版というのも増えてきた。後者の場合は大学で使われる学生用の本に多く、出版社は同じというのがふつうである。

もうひとつ右の表でわかることは書価の高騰である。ハードカバーの書簡集についていえば、第一巻から第六巻発行の四年間にほぼ二倍の値あがりである。日記になると第四巻を除いて一年間隔で一ポンドずつ値あがりをしている。第四巻はとくに大幅な値あがりである。書簡集、日記とも各巻それほどページ数の増減がなくてこうなのである。ペイパーバックは元版ほどではないが、やはりそれ相応の値あがりをしている。

書価の高騰ぶりは以上のようであるが、もともとイギリスの本は昔から高いので定評がある。たとえばヴァージニア・ウルフの書簡集第六巻を買うとしよう。ハードカバーだと一五ポンド。邦貨にして約六四五〇円である（日本の洋書店ではこれに九七五〇円という値をつけている）。第一巻がそれより安いといっても五六六〇円である。どう考えても一般の読者が買えるような値段ではない。

古い話になって恐縮だが、一八世紀、ようやくイギリスに読者階層というものがあらわれ、出版業（当時は書店兼業で、両者が独立するのは一九世紀になってから）が形を整え始めた頃、たとえばデフォーの『ロビンソン・クルーソー』（一七一九）は五シリング、フィールディングの『トム・ジョーンズ』（一七四九）は一二シリングであった。一方当時の収入はといえば、一般労働者で週給八から一〇シリング、商店主や専門職人で一五から二〇シリングであった。ということは、読者階層の中心を形づくった中流階級つまり商店主や専門職人が『トム・ジョーンズ』一冊買うことは週給の半分以上を費やすことを意味していた。貸本屋が世紀の半ば頃に誕生し、それが急速な繁栄をとげていくのも高価な本と密接に結びついている。貸本屋は以後イギリス人の読書生活に欠かせない存在となり、公共図書館が発展・充実する第二次大戦後まで存続する。

一九世紀になっても書価は依然として高かった。しかし、この世紀の半ば頃から廉価版の出版がさかんになり、本は一般にも手がとどくようになる。といってもそのほとんどはリプリント物であった。そういう意味では、現在のペイパーバックのはしりであるということもできるが、装丁はハードカバーのしっかりしたものであった。このような出版形態、つまり一方で高価なオリジナル物、他方で廉価版という並行する出版形態が以後現在にいたるまでつづき、いまや廉価版といえばペイパーバックの代名詞にまでなってしまった。

　こういった高価なハードカバーをいったい誰が買うのかといえば、その答えはひとつ、公共図書館をはじめとする各種図書館であり、以前は貸本屋であった。貸本屋や公共図書館――これは保証された市場といってよいが――があるからこそ、逆に出版社は高価な本を出すことができたともいえる。

　そこで、一般の読者はわたしをふくめて廉価版つまりペイパーバックを買うということになる。さきの例でいえば、ウルフの書簡集は一七〇〇円から二一〇〇円のあいだで買える。これでも高いというひともあろうが、ともかくも手に入れることのできる範囲の値段である。ウルフの日記となれば八〇〇円から一二七〇円でさらに買いやすくなる。

　さてそこで、最初の話に戻せば、最近ではこのペイパーバックですら買う時期が多少遅れるともう版元品切れなのである。現にわたしの経験では、ウルフ書簡集第一巻がそうであった。この本についていえば、ペイパーバックになって一年くらいのちに注文を出したと思う。一年で品切れというのも困るが、出版後数カ月で品切れというのはさらに困る。それがオリジナル物であるときには、ほとんど入手の可能性はないのである。たとえばわたしが最近買いそこねた本のなかに、ジョン・S・クロスビーの『地口辞典』やティム・デイルの『ハロッヅ百貨店――歴史と伝説』というのがある。後者は一年前の五月に出たばかりの本なのである。さいわいウルフの書簡集はいまでもハードカバーが出ているので、買う気があれば買えるのだが、一方で安いペイパーバックがあったことを思うと二の足をふむというのが自然である。国内の洋書店でペイパーバックをさがすか、イギリスから送られてくる古書カタログでハードカバーの安い出物をさがすしかない。

ここでようやく古本の話になってくる。わたしのことをいえば、古本についてもイギリスから直接買うことがほとんどなのである。そうした場合必要なのはいうまでもなく古書カタログである。その古書カタログが、あるときを境に急にたくさんわたしの手元にとどくようになった。いまから数年前の話だが、イギリスの作家T・F・ポイスの小説二冊とかれについての評論一冊がリプリントで出ることを『ブックセラー』の記事で知った。ポイスという作家は一般にはあまり読むひとがなく、少数だが熱烈な愛読者をもつという特異な作家で、その作品はほとんど絶版、古書価も相当な高値をよんでいる。これはいいチャンスとばかりに、わたしはやや興奮ぎみにこの出版社トリゴン・プレスに手紙を書いた。『ブックセラー』の記事によれば、この出版がトリゴン・プレスの処女出版であると書いてあるので、いつもと違って直接手紙を書く気になったのである。

やがて予想にたがわず本は送られてきた。ただし同時に三冊出版するという予告とは違って、まず小説『タスカー氏の神々』が、ついでウィリアム・ハンターの『T・F・ポイスの長短篇小説』がとどいた。それまではよかったが、あと一冊の小説『マーク・オンリー』はいまだに送られてきていない。未刊なのである。これを見てもトリゴン・プレスがいかに零細の出版社であるかがわかる。ところがしばらくして、一通の手紙がとどいた。「わが杜で『ブック・コレクターの国際住所録』を作るから貴家もおのぞみなら必要事項を記入のうえ同封の申し込み用紙を送れ」という内容である。わたしはさっそくそれに応じることにした。この住所録が出たのが一九七八年である。あらかじめ代金を送っておいたのでわたしのところにも一冊送られてきた。どうやら、この出版社、登載者の購入をあて込んで、いわば、予約出版のかたちでこの本を出しているらしいのだが、それはこの際別問題である。

こうした本がどれほどの効果をもつものかは、それから数カ月たってわかってきた。イギリスのみならず、アメリカの古本屋からもつぎつぎとカタログがとどくようになったのである。古本といっても分野は千差万別である。わたしの場合は集書内容が「イギリス文学・出版関係書」というふうになっているので、当然その種のカタログが送られてくる。

さて、話題がカタログのことになったついでに、話を少し過去にさかのぼらせていただきたい。一九七一年から七三年までわたしはイギリスに滞在したが、そのときにもずいぶんとカタログのお世話になった。というのも、わたしが滞在したイギリスの中部地方の小さな町には古本屋がなかったからである。地図を見ていただけるとおわかりのように、コヴェントリという町の近くにケニルワースという町とそれに並んでレミントン・スパという町がある。ケニルワースという地名はあるいはご存じの方もあるかもしれないが、スコットの小説『ケニルワース城』の舞台となったところである。わたしは二年間の滞在期間を二つに分けて、これらの町に一年ずつ住んだ。ところが二つの町には古本屋はなく、近くの古本屋といえば、となり町のウォリックか、少し足をのばしてストラットフォードまで行かねばならなかった。シェイクスピアが生まれ晩年をそこで過ごしたストラットフォードには二軒の古本屋があって、行くたびにたくさんの本を買ったが、車で一時間以上はかかるのでそうひんぱんには行けない。

そういう意味ではバーミンガムの古本屋もオックスフォードの古本屋も同じであった。バーミンガムの町はずれのくすんだ町並の一角にあった古本屋のことは印象深いし、オックスフォードの古本屋のことも忘れがたい。しかし、バーミンガムもオックスフォードも車で二時間以上はかかる。前日から予定をたて、心の準備をしてからでないとなかなか行けないのである。ロンドンの古本屋となると、年に何回か出かける買い出し（日本食品はロンドンに行かねばならなかった）や見物のあい間を見てということになるので、その近辺の古本屋を数軒のぞいてみるという程度に終わる。

もっとも後年、オックスフォードには一カ月、ロンドンには一週間ほど滞在してもっぱら古本屋めぐりに終始したことはある。しかし、その話はいまはおこう。

というわけで、わたしは二年間の滞在中、多くはカタログで本を買った。『タイムズ文芸付録』という週刊書評紙がある。この広告欄を注意深く見ていると、ほとんど毎号「カタログ出来、ご請求あれ」という古本屋の広告が出ていて、そこに手紙を書くのである。そうすればまちがいなくカタログはとどく。カタログを取り寄せる方法には『古本屋住所録』を見て手紙を書くという方法もあるが、これだとカタログがとどくという保証がない。店売だけの店もあるし、カタログを発行していても年数回というのであれば、すぐには送ってこない。わたしは『タイムズ文芸付録』のほかに『ブックス・アンド・ブックマン』という月刊書評誌の広告欄も利用した。この雑誌は残念ながらいまは休刊のはずである。『文芸付録』も一時長期にわたって休刊となっていた。

カタログの利点は、いうまでもなく、いながらにして、遠くの古本屋から本が買えることである。そればかりか、カタログがとどき、一ページ一ページ繰っていく楽しみや、送られてきた小包を開くときの心のときめきも忘れがたい。しかし、カタログでは本の内容や装丁はわからないし、“Much regret others already sold”と書かれた品切れ通知の返事がきてがっかりさせられることもしばしばである。そういうとき、それが長年さがしていた本であれば、落胆のあまり二、三日気のめいる思いをすることもある。

わたしは、ときにカタログで知った遠くの古本屋をたずねることもあった。イギリス滞在中は、車でよく「文学散歩」に出かけたが、そうした旅行の途中で、めぼしい古本屋をたずねるのである。

あるとき、ロンドン郊外の古本屋をたずねた。それまで数回送られてきたカタログがとくに興味をそそるものだったからである。地図を見ながらようやくたずね当てた場所は閑静な住宅街であった。古本屋があるとも思えないし、あったとしても周囲の調和をやぶるような雰囲気である。しかし、そのなかの一軒がまちがいなく住所にしるされた場所なのである。そして思った通りそこには古本屋はなかった――といってしまえば正確ないい方にならない。わたしはカタログに記載された番地をもう一度確かめてその家のベルをおした。来意をつげると「いま主人は起きたばかりですから」と客間に通された。やがてあらわれたこの家の主人がクラッチ氏であり、カタログの送り主なのであった。かれはすぐにわたしを別な部屋に案内した。明るいその部屋がかれの書斎兼事務室であった。クラッチ氏は、こんなところへたずねてきた日本人がめずらしかったのか終始陽気にふるまい、書架から一冊一冊本を取り出してはそれに対するうんちくをかたむけた。わたしは少々不安になって、これらの本は売ってもらえるのかとたずねた。売る本だという返事である。書架をひと通り見まわしたところ、カタログで見た本も何冊かあったので、これはたしかに売り物にちがいないとわたしもようやく確信した。

こんなふうにしてクラッチ氏の書斎兼事務室からわたしは何冊かの本を買うことができた。なにやら氏の愛蔵本を無理やり奪っていくような気がしていささかうしろめたい気持ちではあったが。——そういう意味では、絶対に手放したくないという本もあって、主として、それは氏の個人収集にかかわる本であった。ルイス・キャロルのアリスの本もそのひとつで、氏はキャロルのこの作品を初版本から始めて、以後に出たすべての流布本を細大もらさず集めることを目標にしていた。子供用の絵本やリトールド物も例外ではない。

クラッチ氏は、わたしに小さい娘がいることを知ると、その収集本のなかから薄い絵本を一冊プレゼントしてくれた。どうやら重複するものであったらしい。そのときかれはこういうことをいった。キャロルのこの作品は世界中知らないひとがいないくらい有名なのに、正しいタイトルを知っているひとは少ないのだと。そういわれて見るといまもらった絵本の表紙にも『不思議な国のアリス』と英語で書かれている。これがこの本

『不思議な国のアリス』表紙

『不思議な国のアリスの冒険』表紙

のタイトルだと思い込んでいるひとが多いが、正しくは『不思議な国のアリスの冒険』でなければならない。なるほどと思う。おそらくわが国でも同じことがいえるのではないだろうか。

しかし、考えてみるとこれは『アリス』だけにかぎらない。デフォーの『ロビンソン・クルーソー』にしてもスウィフトの『ガリヴァ旅行記』にしてもそうである。前者は『ロビンソン・クルーソーの生涯と不思議なおどろくべき冒険』であるし、後者は『レミュエル・ガリヴァによる世界の遠く離れた数カ国への旅』である。それが、ふつうの流布本では『ロビンソン・クルーソー』や『ガリヴァ旅行記』だけで通っている。

クラッチ氏との話は尽きなかったが、どうやら氏の体調はすぐれないらしい。先ほど起きたばかりというのもじつは病弱でベッドについていたのだと思われる。わたしは心を残しながら辞去するよりほかなかった。その後帰国して数年たち、クラッチ氏のことを懐かしく思い出し、カタログ請求かたがた手紙を書いたが、それに対する返事はこなかった。あるいはもうこの世のひとではなかったのかもしれない。そのときもらったアリスの絵本はいま、娘のではなくわたしの書架にある。

これで見ておわかりのように、イギリスには自分の書斎を事務室にしてカタログだけで本を売る古本屋が割と多いのである。ロンドン市内でもそういう本屋があったし（わたしがたずねたときあいにく不在であったが）、さきのバーミンガム郊外の古本屋もそれに近いものであった。カタログ販売が主で、店は土曜日の午後だけ開けていた。店といっても申し訳程度のもので、薄暗い部屋のなかはひとり入れば身動きできないほどの狭さで、入口のドアもたしかベニア板の間に合わせであったと記憶する。それでいてこの本屋には安くていい本がたくさんあった。

もう一軒カタログで知った古本屋のことを書いておこう。それはイギリス南部ケント州の美しい街テンターデンにある古本屋で、やはり店舗をもっていなかった。たずね当てた番地の家の前で、ちょうどそこにいあわせた老婆にたずねると、二階がホッグ氏のオフィスだという。「オフィス」といわれれば、机と椅子があって、というイメージだが、ホッグ氏のオフィスはやはり書斎兼事務室であった。ドアをノックすると応答があり、顔をのぞかせたホッグ氏は東洋人のわたしを見て、ここはお前さんの来るような場所ではないといわんばかりの様子でドアを閉めようとする。あわててわたしは自分がカタログを送ってもらっている者であり、これまで一〇冊以上あなたから本を買ったことがあるというとようやく部屋に通してくれた。部屋のなかには机と椅子はもちろん、四面をうずめる書架には天井まで本が並べられている。

なぜわたしがホッグ氏をたずねる気になったかというと、もちろんそのカタログに興味をひかれたからである。氏の扱う本は、いわゆる「本に関する本」にかぎられていたのである。一般の読者からすれば変わった本ということになり、ホッグ氏が最初わたしを見て躊躇したのも、突然あらわれた東洋人がこんな本に興味をもつはずがないと思ったからに相違ない。

わたしの住所と名前を聞くと、しかし、ホッグ氏はすぐに誰であるかわかったと見え、カード・ボックスから一枚のカードを抜き出してわたしに見せた。そこにはわたしがこれまで買った本がすべて書き込まれ、なかの一冊に赤いしるしがつけてある。注文したとき品切れで手に入らなかった本である。その本の題名はいまでもおぼえている。出版社キャッセルの編集者ニューマン・フラワーの書いた『おこった通りのままに』(一九五〇)という本である。ホッグ氏はいまさがしているところだからもう少し待ってくれという。しかし、わたしのイギリス滞在中には見つからず、日本に帰ってから別の古本屋のカタログで見つけて買った。

ホッグ氏のオフィスにはずいぶんながい時間いたような気がする。たくさんの本を手にとって、懐具合と相談しながら買う本を机の上に積み上げていった。さすがはこの道の専門家のことはある。この本はどんな本かとたずねるとたちどころに簡単で要領を得た答えが返ってくる。また、これは買っておくべきだが、これは大した内容ではないから買っても買わなくてもよいなどと商売気ぬきの相談にものってくれる。まことホッグ氏の書斎はわたしにとって宝の山であった。日頃タイトルだけは知っているが、実物を見たことのない本がつぎからつぎへと出てくるのだ。初めてホッグ氏に教えられた本もたくさんある。しかし、それらを全部買うわけにはゆかない。「本に関する本」は、いまでもそうだが、当時においても相当高いものだったのである。

わたしが関心をもって集めていたのは、そのなかでも主に出版関係の本であった。出版社の社史、出版人や編集者の伝記や回想録、その他出版に関する本ならなんでもできるだけたくさんあつめておこうと思った。ただあつめるだけではなくて、わたしの場合は、それが研究の一分野でもあったわけである。簡単にいえば、わたしは専門であるイギリス文学と出版を結びつけて考えてみようと思っていた。その成果は帰国してようやく七年目にまとめた『作家への道――イギリスの小説出版』(日本エディタースクール出版部)となって世に出たが、もちろんこれがすべてではない。残された仕事の方が多いのである。

ホッグ氏は、出版関係の本のみならず、およそ本に関する本ならあらゆる分野にわたってもっていた。ところが、おもしろいことに、わたしのもっている本で氏のまだ見たことのない本があることが話していてわかってきた。それは出版社デントの創始者J・M・デントの回想録で、ホッグ氏によれば、出版当時(一九二一)関係者だけに配られた非売品の本であったという。それをわたしがもっているというと、氏は一瞬緊張の色をかくさず、「それはたしかにその本であるか」と念をおした。念をおされてみると不安になってくる。デントの回想録はいく種類も出ていて、わたしのはその何番目かのものかもしれないし、おそらくホッグ氏のいっているのはその最初に出たもので、相当に稀少価値のあるものにちがいない。そう考えるとわたしの返事はしどろもどろになってきた。がやはりホッグ氏のいっているのと同じ本であるにちがいないという確信はひそかにあった。素人のわたしが専門家のホッグ氏を羨ましがらせたのである。しかし、その快感も長くはつづかなかった。家に帰って調べてみたら、わたしのは二番目に出た回想録(一九二八)だったのである。これはデントの死後出版されたもので、息子のH・R・デントが父の晩年を描いた章がつけ加えられている。その後もう一度この回想録はデントの社史(一九三八)のなかで再録され、都合三回かたちを変えて世に出たことになる。わたしは最後のものものちに手に入れたが、いまだホッグ氏のいった最初のものは見ていない。カタログに載っているのを見たこともない。おそらく、それをもっているひとに出会えば、わたしもまた緊張の色をかくすことはできないだろう。

そんなわけで、ホッグ氏とはいまでも手紙のやりとりがあり、カタログも定期的に送ってもらっている。しかし、これは数少ない例外である。というのは、イギリス滞在中カタログを送ってもらっていたほかの多くの古本屋とのつきあいはほとんど滞在中だけにかぎられたからである。帰国に際して、わたしは日本の住所をかれらに知らせていなかったのである。

そしていま、トリゴン・プレスの『国際住所録』がきっかけとなり、ふたたびカタログがとどくようになった。一度くればつぎを楽しみに待つようになる。わたしはふたたびカタログで本を買うようになった。イギリスから直接古書を買えば、日本で買うより大幅に安いのは新本と同様である。最近日本で出る古本の値段の高さは目をむきたくなるほどのものがある。送られてくる洋書の古書カタログを見ると、ほとんどが六、七千円、一万円をこす本だってざらにある。これをいったい誰が買うのだろうかとしばし考え込んでしまう。それにくらべるとイギリスの古本はまだまだ安い。どれくらい安いか、最近とどいたばかりの洋書カタログで比較してみることにしよう。ブレイクとバイロンの研究書を例にあげる。

エドウィン・J・エリス『本当のブレイク』（一九〇七年）
一五ポンド（六四五〇円）一万八〇〇〇円

アレクサンダー・ジルクライスト『ブレイクの生涯』（一九〇七年）
一五ポンド（六四五〇円）三万円
イレーヌ・ラングリッジ『ウィリアム・ブレイク』（一九〇四年）
一〇・五ポンド（四五〇〇円）一万八〇〇〇円
エイリーン・ビグランド『ロード・バイロン』（一九五六年）
四・五ポンド（一九〇〇円）六〇〇〇円
ピーター・ケネル『バイロン』（一九三五年）
五・五ポンド（二三〇〇円）四五〇〇円

ざっとこんなところである。カッコのなかはポンドを邦貨に換算したもので、その下の円貨が日本の洋書店の値段である。ブレイク関係の本はイギリスでも一般に高いが、それでも日本で買うより二分の一から四分の一の値段である。比較的安いバイロンの研究書にしても同じことがいえる。わたしが日本の洋書店で本を買う気がしない理由がこれでおわかりいただけたと思う。送料や送金手数料を入れても大幅に安くつく。

カタログに載るのは右のような絶版本ばかりとはかぎらない。ここ数年のうちに出たような本もしばしば目につくし、そういう本は定価よりはるかに安くなっていることが多いから、これを見逃がすという法はない。さきにも書いたような、ペイパーバックが版元品切れというような本については、こうした格安のハードカバー本をさがすのである。廉価版のまだ出ていない本でも、それと同じくらいの値段でハードカバーを買うことができる。たとえば、最近のカタログに一昨年（一九八〇年）出たバーナード・クリックの『ジョージ・オーウェル伝』が五・五ポンドで、またD・D・デブリンの『ワーズワスと墓碑銘の詩』が四・五ポンドで出ている。定価はそれぞれ一〇ポンドと一二ポンドである。なかには今年出版されたばかりの本もある。R・S・ニールの『バースの社会史』には八・五ポンドの値がつけられており、定価はなんと一八ポンドである。しかもこれら三冊はすべて“mint”（刷りあがり）という但し書きがあるからまったくの新本なのである。

なぜ出てまもない本がこんなに安くなるのか、不思議といえば不思議だが、わたしが知る範囲でひとつだけ思いあたることがある。イギリスの出版社では、本を出版すると新聞や雑誌に六〇冊から一〇〇冊の書評用寄贈本を送るといわれている。そうした寄贈本を書評家が古本屋へ売ったり、新聞や雑誌社が書評の対象とならなかった本を一括して売りはらうのである。書評家にしてみれば、ただでさえ安い原稿料であるから、本を売れば原稿料にプラスした収入になる。書評家の売った本には書き込みがあったりすることがあるが、新聞や雑誌社が売った本はまったくの新本である。こうした本にはときに「よろしく書評をお願いする」と書かれた出版社のスリップが挟まっていたりする。

古本屋ではこれを半額かそれに近い値段で売るのである。新本でしかも安いとなれば誰でも興味をそそられる。事情のわかったひとはこれを心待ちにするということにもなる。わたしが比較的よく通ったとなりの町ウォリックの古本屋「ウォリック・カースル・ブックショップ」で、あるとき、「これこれのレヴュー・コピー（書評用寄贈本）はまだ入っていないか」と主人にたずねているお客を見たことがある。そういえば出版社のスリップの挟まった本を買ったのはこの本屋であった。

この種の本が古本屋に出るのは、さきにも述べたように出版後一年くらいというのがふつうだが、ときに出版日前に出ることがある。なぜこういうことになるかといえば、書評用寄贈本は決められた出版日の何週間か前に新聞・雑誌に送られ、書評を本の出版日に載せてもらうというのがイギリスのやり方だからである。本が出て何週間かたって書評が出るというわが国とは違っている。したがって、書評家や新聞・雑誌社が他の本と一緒に出版日前の本を売りはらうこともあり得るわけだが、これはもちろんかたく禁じられている。

古本屋におかれる本の話のついでに、クリスマスや誕生日にプレゼントとして贈られる本のことを述べておこう。この辺もわが国と違うところで、わが国ではクリスマスや誕生日に本を贈るという習慣はあまりない。ところがイギリスではこれがごくありふれた光景なのである。おそらくその理由は、さきにも述べたように本が高いということと関係する。かれらは日頃本はほとんど買わない。読む本は図書館（以前は貸本屋）から借りてくる。自分の本をもつということはまれな体験だといってよい。したがってクリスマスや誕生日に贈られる高価な本はたいへん価値のあるものなのである。

わたしはそうした本が古本屋におかれているのをしばしば見た。いま手元にある本の見返しを開くと贈り主のことばがこんなふうに書かれている。

フランクとウィニーへ

クリスマスおめでとう。この本を読んでささやかな喜びを得られんことを。

レスリー・E・クリフト

一九四四年一二月

書架をさがせばプレゼント本はまだたくさん出てきそうである。贈り主も贈られた本人もいまどこでどうしているのだろうと思ってみたりする。

古本屋ではほかに持ち主のサインや蔵書票の入った本をよく見かける。そういった本も何冊かわたしの書架にあるが、そのなかに一冊興味深いものがある。興味深いといっても、わたしにとってそうなのであってほかのひとにはどうかわからない。四巻本のテーヌ『イギリス文学史』というのがそれで、見返しを見るとフィリップ・シドニー・ウルフのサインがあり、購入日と思われる一九〇六年九月二〇日という日付が記入されている。これがなぜわたしにとって興味深いかというと、サインの主がレナード・ウルフの弟だからである。レナード・ウルフといえば、さきの書簡集と日記の作者ヴァージニア・ウルフの夫である。かれ自身、小説家であり批評家であった。このことをわたしが知ったのは最近になってである。そのときから『イギリス文学史』はわたしの貴重な蔵書のひとつとなった。本との、そしてその背後に見えかくれするかつての持ち主との不思議な出会いである。

そんなわけで、いまでもわたしはイギリスから古本を買っている。何度もいうように そうする方が日本で買うより経済的であるからだ。それに加えて、もうひとつイギリスの古本屋で忘れてはならないのは探求書の捜査である。これはわが国の古本屋でもやっていることだが、洋書の場合はやはり、イギリスの古本屋の方が効率がよい。探求書のリストを随時送っておく。そうすればやがて見つかったという返事がくる。探求書はそれだけ手間がかかるので、ふつうの本より割高だが、そんなことはこの際問題にならない。

そうして見つけてもらった本のなかに、アーノルド・ベネットの『作家になる法』(一九〇三)、アーネスト・リースの『皆んなが覚えている』(一九三一)、グランド・リチャーズの『空費した青年時代の回想』(一九三二)、フランク・シングルトンの『ティロットソン家一八五〇――一九五〇』(一九五〇)などがある。これらはすべて出版となんらかの関係がある本で、たとえばリースの本は、かれが「エヴリマンズ・ライブラリー」の編集者として腕をふるった時代の回想記であり、リチャーズの本は、いまはなきグラント・リチャーズ社の創始者がかれ自身の青春を回顧した自叙伝である。この本はのちに出る『著者探し――主として出版ですごした歳月の思い出』（一九三四）の前篇にあたる。シングルトンの本は、かつてイギリスの新聞小説を一手にとりしきっていた「ティロットソン・シンジケート」を知るのに欠かせない本である。それをイギリスにいたとき買いそこね、以後ほとんど入手をあきらめていた。それが九ポンドで手に入ったのである。

そしておもしろいことに、この本を見つけてくれたのは、わたしがかつて一年間過ごしたケニルワースの古本屋であった。当時ケニルワースには古本屋はなかった。あるいはあったのにわたしが気づかなかったのかもしれない。そう思って、このウィガーズ書店に出す手紙でそのことに触れてみた。結果はやはり当時なかったのだということを知って、ほっと胸をなでおろした。わたしがイギリスを去った年にウィガーズ書店はできたのである。

探求書は、しかし、すべて見つかるとはかぎらない。わたしのさがしているのでは、たとえばエアタウン・エリスの『一ペニの大学――コーヒー・ハウスの歴史』（一九五六）などは比較的最近の出版にもかかわらずいまだ見つかっていない。ところが、懸命にさがしていた本が、アメリカのリプリント出版社からすでに何年か前に出ていたというようなことがある。R・K・ウェブの『イギリス労働者階級の読者』（一九五五）がそうであった。イギリス滞在中も、帰国してからも、この本のことが頭から離れず、大げさを承知でいえば、夢にまで見た本であったが、なんのことはない、アメリカのケリー社が一九七一年にリプリントを出していたのである。うかつといえばこれほどうかつなことはない。このときのうれしいような悲しいような気持ちはいまでも忘れない。

イギリスの古本屋の話もどうやら終わりに近づいたようである。すでにお気づきのように、わたしの話は大小にかかわらず店舗をもった古本屋を一軒一軒たずねまわった話ではない。だからといってオックスフォードやロンドン、あるいはドクター・ジョンソンゆかりのリッチフィールドや北のエディンバラ、そういった町のそれぞれの古本屋をわたしが忘れてしまったわけではない。それどころか、そのたたずまいや店のあるじの風貌姿勢一つ一つをいまでも鮮やかに思いうかべることができる。

しかし、それはまた別の話である。

あとがき

最初石橋さんから与えられたタイトルは「ロンドンの古本屋」というものであった。タイトルとしては、こちらの方がはるかに魅力的である。ロンドンという街のイメージと古本屋のイメージが不思議とうまく結びつくからである。石橋さんもそんなことを考えて「ロンドンの古本屋」というタイトルを思いつかれたのだろうと思う。わたし自身もこれを最初見たときたいへん心をそそられるタイトルであると思った。そして、ひょっとしたら自分でも上出来の文章が書けるのではないかとひそかに期待するところもあった。——ところが実際に筆をとってみると思った通りいかないことがすぐにわかってきた。

イギリス滞在中地方都市に住んでいたわたしは、ロンドンにはしばしば行ったし、行けば数日間滞在してたいていは古本屋まわりに時間を費やした。したがってロンドンの古本屋のことを書いて書けないことはないはずなのに、もうひとつこれといった鮮明なイメージが浮かんでこないのである。これはなぜかと考えてみる。

わたし自身の印象では、ロンドンの古本屋はなにか漠然としてとらえどころのないものようである。ロンドンには東京の神田のような古本屋街はない。有名なチャリング・クロス街は昔からロンドンの古本屋街として知られているが、町全体が古本屋という神田のような場所とはほど遠い。そこで、広いロンドンのあちこちに散在する古本屋を地図を頼りにたずねまわるということになるのだが、一軒、二軒と互いにかけはなれて存在し、しかも交通の便の悪い古本屋ということになれば自然と足は遠のいていく。そして結局は手頃なチャリング・クロス街周辺の古本屋をたずねるということになるのだが、正直いってこういう古本屋にはもういい本は残っていないのである。国の内外をとわず多くの客がいれかわりたちかわり訪れる町中の古本屋にめぼしい本を見つけようというのがそもそも無理なのである。ほしい本があっても高価である。

そういう点では地方の古本屋はよい。行けば必ずなんらかの収穫がある。しかも、そんな古本屋はたいていその店だけを目指して行くのだから、印象も鮮明である。外国人をめずらしがる店の主人はなにかと親切に話しかけてき、ときにお茶のごちそうになることもある。ひとと触れあう喜びとあたたかさがある。地方の古本屋はそういうところがいい。

ロンドンの町中の古本屋と地方の古本屋のそういった印象の違いは、日本でいえば東京の古本屋と地方の古本屋、わたしに則していえば豊橋や岡崎や浜松などの古本屋の違いと似かよったところがあるといっていいかもしれない。

わたしはそういう地方の、あるいは町中から遠く離れた古本屋のことを書いてみようと思うようになった。その結果はごらんの通り、ロンドン郊外とテンターデンにある二つの風変わりな古本屋のことを中心に書くことになった。そうなるともう「ロンドンの古本屋」というタイトルでは通用しなくなってくる。「ロンドン」を「イギリス」に変えざるを得なかった。

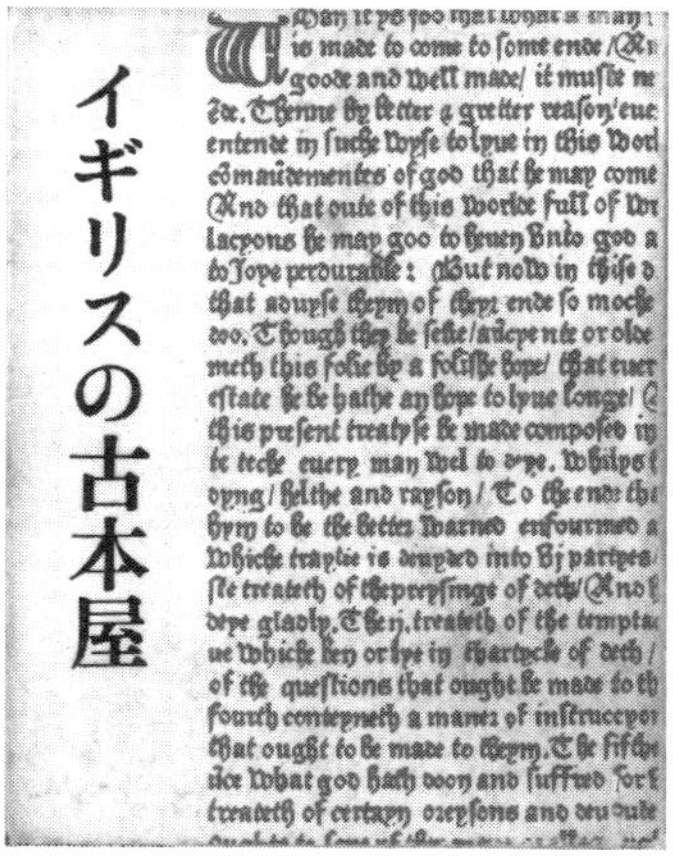

胡蝶豆本『イギリスの古本屋』カバー

【追記】

ここに「あとがき」とあるのは、この文章が『イギリスの古本屋』と題する豆本を出したときの「あとがき」である。この豆本は横浜の石橋一哉さんがだしてくれた豆本の一冊で、石橋さんは長年にわたって豆本作りに愛情をかたむけてこれらの美しい豆本を世に送り出したひとである。世に送り出したといえばこの豆本がかなりの部数発行されたように聞こえるが、私の豆本は発行部数は会員だけに配る一五〇部限定本であった。他のひとの豆本も同じで読者は一五〇人にかぎられていたのである。石橋さんはこの豆本を胡蝶豆本（のちに胡蝶掌本）と称し長年かけて全部で三〇〇点以上出したと思われるが手に取った人はごく少数であった。横浜の地方新聞などに何度か取り上げられて石橋さんは有名になったが、簡単に手に入る本ではなかった。石橋さんはそれでも発行部数をふやすことはしなかった。ひとりで何から何までやる豆本制作には限界があったのだとおもう。あるとき私の別の豆本（石橋さんはわたしの書くものを気に入ってくれて都合三〇点以上は出してくれたと思う）がヤフーオークションに出品されたときあっという間に落札されたことを思うと多くのひとが求めていたのだとおもう。

じつは今回のこの本にこの文章を入れようと思ったのはそれと関係がある。せっかく書いた文章を一五〇人のひとしか読めないのは（自分でいうのも変だが）正直いって残念だなと思ったからである。入れるとなるともとの内容をそのままの形で残しておくのが礼儀だと考えて「あとがき」もそのままにしておいたのである。なお、通貨レートなども発行当時のままを踏襲してある。

石橋さんは九〇近い現在になってもいたって健在である。さすが、豆本はもう作ってはいないが、かつて自分が作った豆本の数々を懐かしく思う気持ちは日に日に増しているのだろう。そしてもっぱら読む立場にあったわたしもまた石橋さんとまったく同じ気持ちである。

海を越えた友情

『チャリング・クロス街八四番地』

『チャリング・クロス街八四番地』（一九七〇）はロンドンの古書店マークス・アンド・カンパニー社の社員フランク・ドエルとお客のヘレーン・ハンフが交わした二〇年間（一九四九〜一九六八）におよぶ往復書簡から生まれたものである。ハンフはニューヨークに住むユダヤ人ジャーナリスト兼劇作家でイギリスとイギリス文学に深い関心と愛着をもっていた。彼女が古今の代表的なイギリス文学に接したのはドエルのおかげであった。ニューヨークからつぎつぎと本を注文し、それに応えて本をさがしそれらを船便で送り届けたのがドエルである。たびかさなるうちに、両者のあいだに自然と不思議な友情が芽生え、買い手と本屋の関係以上の関係ができあがる。大戦が終わってからの困難な時代、ハンフは戦争の影響を受けないアメリカからドエルに特別の好意を示すようになる。物資不足のイギリスに缶詰や卵や肉類などを送るようになるのである。もちろんすべて無償のプレゼントである。それを受け取ったドエルは他の店員たちにおすそ分けし、皆からたいへん喜ばれ、ハンフはたちまち店の人気者になった。

それから二十数年の年月が流れ、ハンフはようやくロンドンを訪れるときがやってくる。折しも、ハンフはロンドンから一通の手紙を受け取る。ドエルの手紙ではなくほかの女店員からのものである。なんとそれはドエルが数カ月前盲腸の手術を受け、快方に向かいつつあったが突如腹膜炎を併発し急死したという報せであった。ハンフのショックは大きかった。しばらくは仕事も手につかなかったが、それを克服すると、これまで長年交わした両者の手紙を思い出のために本にしようと考える。やがて出版されたその本は『チャリング・クロス街八四番地』と題され、しだいに読者の共感と感動を呼ぶ。やがて欧米はもとより東洋の日本でも翻訳され（一九八〇）多くの読者に迎えられた。そしていまやこの本は愛書家のあいだで古典的評価を獲得するにいたっている。

マークス・アンド・カンパニー書店

わたしがこれから述べようとしているのは、しかし、ハンフの本のことではない。彼女がニューヨークから多数の本を注文したマークス・アンド・カンパニー書店のことである。この書店の歴史を少しふり返って見てみると、ふたりの古本屋ベニー・マークスとマーク・コーエンの出会いから始まる。かれらは一九〇四年に古書業界の老舗サザラン書店に入り、そこで一二年間働くうちに意気投合し、初めはオールド・コンプトン・ストリートに倉庫を借り、できるだけ多くの本を集めた。本の入手先はオークションや国内の集書旅行によるものであった。やがてチャリング・クロス一〇八番地に家を借り、店頭で本を売るようになる。一九二〇年にはディケンズ・コレクターとして著名なジョージ・W・デイヴィスの店を買い取り、その店のあったチャリング・クロス一〇六番地に移転した。この頃から内外にその名が知られる古書店となり、デイヴィスの店を買収してからはディケンズ本を最も得意とする本屋として知られた。さらに一九三〇年にはチャリング・クロス八四番地の五階建ての建物に移り、その一階を店舗にした。初版本、カラー図版本、希少本、稀覯本などが主力商品で、その幅の広さは多くの古書愛好家を引きつけた。ヘレーン・ハンフが初めて手紙を書いたのはそれから一九年後の一九四九年のことである。

ふたりの共同経営者のうちベニー・マークスはいわゆる「インサイド・マン」であり、あまりおもてに出たがらない性格だったが、マーク・コーエンは違っていた。オークションの下見をし、セールに出かけ、収集家の家を回って蔵書点検や見積をし、その場で買い取ってきた。いわゆる「アウトサイド・マン」であり、それにふさわしく第一線で活躍したのである。かれもまたディケンズの書誌に詳しかった。

店で働く店員のなかには、まずジョン・ワトソンがいた。マークス書店の最初の従業員として修業をつみ、やがてバーナード・クオリッチ書店の支配人となり、さらにフランシス・エドワード書店の経営者になった。クオリッチもエドワードもロンドン古書業界の最大手として知られた。

つぎの従業員は「パット」である。おもな仕事は本の梱包・運搬で、仕事の性格からマークス書店以外の者は誰もその名前を知らなかった。どこから見てもマッチョな若者のかれは、毎朝オークションのセールが終わると、時計の針のようにきちんとチャンサリー・レインのオークション事務所に姿をあらわし、買った本の代金を払ってすばやく持ち帰った。身にぴったりの短めのスーツを着、フリルつきのエプロン、女性用のハイヒール姿で、そのしぐさは女性そのものであった。他人が笑うとわざと女性を強調した。つぎの従業員は皆から一目おかれ、すべてにおいて有能なフランク・ドエルであった。歳よりも若く見え、物静かで控えめ、一見不愛想に見え、知り合うまでに時間がかかった。ときには鈍感で冷たい人間と思われ、事実そう思った者も多かった。そのドエルがヘレーン・ハンフと長年文通をつづけていたこと自体意外といえば意外であった。

そのドエルが一九六八年のクリスマス直前に急死する。その日、帰宅してから腹痛を訴え、病院に駆け込んで盲腸破裂と診断され、すぐさま手術を受けた。手術は成功したが、ベッドに身を起こし食事の最中に突如腹膜炎を併発してあっという間に息を引き取った。享年六〇。ヘレーンに書いた最後の手紙の二カ月後であった。

葬儀はどんより曇った肌寒い正月の日におこなわれ、古書業界の仲間たちの多くが列席した。かれらはともに両大戦のあいだ古書店の店員として懸命に働き、古書業界を担ってきたという自負を持ち、固い結束で結ばれていた仲間たちであった。

ヘレーン・ハンフはドエルの生前ロンドンを訪れることはなかった。その希望はあったが多忙と経済的な理由で実現しなかったのである。熱烈なイギリス文学の愛好家であった彼女は、同時にイギリスそのものに対しても深い愛着を持っていた。ドエルの死から立ち直った彼女は、遺族の許可を得て、ふたりの往復書簡を編集・刊行することにした。ドエルの死を埋め合わせるにはそれが一番ふさわしいと思ったのであろう。そうしてできあがった『チャリング・クロス街八四番地』を読んでみると、そこにはまったく異なる性格のふたりの男女が登場することがわかる。ジャーナリスト兼劇作家のヘレーンは活発で、押しが強く、物事に頓着せず、ときには無礼でさえある。一方ドエルは控えめで、丁重で、万事事務的・儀礼的である。そのふたりが時間とともに打ち解けてくる様子がわかるが、その最も大きなきっかけになったのは、戦後の食糧供給である。ヘレーンがハムやソーセージや乾燥卵など貴重な食料品を送ってきたのである。

あるときヘレーンの親しい友人がロンドンに渡り、マークス書店を訪れた。結局誰とも話さず店を出てきたが、そのとき観察した店内の様子をつぎのように知らせてくれた（以下、江藤淳訳による）。

この古本屋さんは、ディケンズの小説の世界から抜け出してきたみたいな、古びたすてきな……あなただったら、このお店を見たら、きっと卒倒しちゃうわ。（お店のにおいが）どんなにおいかって、ちょっと表現するのは難しいけれど、かび、ほこりと歳月、それに木の壁と床のにおいが混じり合った、ゆかしいにおいとでも言ったらいいかしら。……書架が延々と続き、天井まで達しているのよ。とっても古い書架で、灰色がかり、何十年となくほこりをかぶっていたカシの古材のような感じで、もうもとの色なんか全然ないの。版画の売り場というか、長い売台があって、クルクシャンクとかラッカム、スパイとかいった、昔のイギリスのすばらしい漫画家〔風刺版画家〕や挿絵画家たちの作品がずらりと並んでいます。……それに、すてきな挿絵入りの古い雑誌も少しあります。

これを読んだヘレーンは友人を羨ましがりながらも、店内の様子に目を見張り、自分でもぜひ行ってみたいと思った。その思いはマークス書店のみならず、ロンドンの街全体におよぶ。「ロンドンの話をもっと聞かせてよ。地下鉄だの、四法学院だの、メイフェアの高級住宅地区、グローブ座のある街角とか、なんでもいいのよ。……ナイツブリッジのことも書いて」と友人にせがんでいる。

風媒社　新刊案内

2025年
6月

写真とイラストでみる 愛知の昭和40年代

長坂英生 編著

あの頃にタイムスリップ！高度経済成長で世の中が大きく変貌しつつあった昭和40年代。愛知の風景、風俗、人々の表情などを写真とイラストで振り返る。　１８００円＋税

名古屋地名さんぽ

杉野尚夫

どうしてこんな名前になった？地名をひもとけば、いつもの街が新しく見えてくる！土地の記憶と未来を知るための20のストーリー。　１８００円＋税

名古屋駅西タイムトリップ

林浩一郎 編著

戦後名古屋の基盤となった〈駅裏〉の姿を、貴重写真と証言で生き生きと描き出す。この地に刻まれた記憶が未来をひらく！　１８００円＋税

〒460-0011
名古屋市中区大須 1-16-29
風媒社
電話 052-218-7808
http://www.fubaisha.com/
［直販可　1500 円以上送料無料］

写真でたどる昭和

写真でみる 戦後名古屋サブカルチャー史

長坂英生 編著

ディープな名古屋へようこそ！〈なごやめし〉だけじゃない名古屋の大衆文化を夕刊紙「名古屋タイムズ」の貴重写真でたどる。

1600円＋税

なごや昭和写真帖 キネマと白球

長坂英生 編著

懐かしの映画館と街の風景、映画ロケ現場や宣伝マンたちの情熱。数々のドラマを生んだ名古屋の野球場、野球映画の隆盛、野球少女たちの夢……。

1600円＋税

名古屋タイムスリップ

長坂英生 編著

おなじみの名所や繁華街はかつて、どんな風景だったか？全128カ所を定点写真で楽しむ今昔写真集。昭和100年記念出版。

2000円＋税

名古屋の周辺地域を読み解く

林 上

見過ごされがちな大都市圏のバイプレーヤーに目を向け、時の流れ・人の足跡をたどる〝地域あるき〟のためのエピソード。

2200円＋税

倭という種族

品田知章

日本民族の形成に大きな役割を果たした種族＝〈倭〉とは何者か!? 本書では、「倭」という種族が日本民族の形成にどのようにかかわったかを考察する。

1600円＋税

家康VS秀吉 小牧・長久手の戦いの城跡を歩く

内貴健太

小牧・長久手の戦いのすべてがこの一冊にある。城跡や古戦場など、ゆかりの地を訪ね歩き、地域の伝承なども盛り込んで、その実相を立体的に解き明かす。

2200円＋税

こんな話 知っとんさる? おもしろ岐阜学入門

神田卓朗

岐阜県にはこんなにユニークなこと、話が溢れている！歴史・文化・サブカルチャーなど様々な角度から岐阜の素顔に迫る岐阜学入門！

1600円＋税

郵便はがき

料金受取人払郵便

名古屋中局
承認

9014

差出有効期間
2026年9月29日
まで

460-8790

101

名古屋市中区大須
1-16-29

風媒社 行

注文書◉このはがきを小社刊行書のご注文にご利用ください。

書名	部数

郵便振替同封でお送りします（1500円以上送料無料）

風媒社 愛読者カード

書　名

本書に対するご感想、今後の出版物についての企画、そのほか

お名前　　　　　　　　　　　　　　　　（　　　歳）

ご住所（〒　　　　　　　　）

お求めの書店名

本書を何でお知りになりましたか

①書店で見て　②知人にすすめられて

③書評を見て（紙・誌名　　　　　　　　　）

④広告を見て（紙・誌名　　　　　　　　　）

⑤そのほか（　　　　　　　　　）

＊図書目録の送付希望　□する　□しない

＊このカードを送ったことが　□ある　□ない

しかし、結局、マークス書店もロンドンも訪れないうちにフランク・ドエルは急死した。その少し前にベニー・マークスも死んでおり、あとに残されたのは老マーク・コーエンだけであった。かれは失意のあまりこれ以上店をつづける意欲を失った。やがて在庫をすべてオークションにかけ、丸二日間かけて売り尽くした。すべてが終わったとき、それを待っていたかのようにコーエンは息を引き取った。失意と傷心が死を早めたのであろう。かくして半世紀以上にわたって内外の多くの読者に親しまれたマークス書店は姿を消した。一九七〇年半ばのことである。

その後、ヘレーンの本はBBC放送でドラマ化され、一時間一五分の放映時間は少し長かったようだが、本好きや古書店仲間のあいだで好評だった。マークス書店の店内がリアルに再現され、出入りする人物もいきいきと描かれていたという。

このドラマとの関連でつけ加えておかねばならないのは、ジョン・ワトソンの死である。ワトソンは前述のように、かつてマークス書店で働き、のちにフランシス・エドワード書店の経営者となった人物である。ドラマ化の際にアドヴァイザーとして参加し、完成後、ドラマが放映されるその夜に悲劇的な死を遂げた。かくして、マークス書店ゆかりのひとびとはすべてこの世を去り、ヘレーンがかつてメモを書き送った女性店員もいまは行方知れずとなった。

ついでながら、『チャリング・クロス街八四番地』は一九八六年に映画化され、アン・バンクロフトがヘレーン役を、名優アンソニー・ホプキンズがドエル役を演じた。およそ四〇年前のロンドンやマークス書店が再現され、全編懐かしい心温まる作品となった。

ジョージ・ジェフリー　路上の古本屋

ジョージ・ジェフリーが露天商の古本屋を始めたのは一九五七年のことであった。当時かれがあつかった本はヴィクトリア時代の出版物で、とくに力を入れたのは一八〇〇年前後の出版物、なかんずくその頃出回り始めた挿絵入り本であった。ペイパーバックや雑誌類は露台に置かれず雑然と路上に並べられた。やがて二〇世紀初期の出版物が多く置かれるようになり、一九七〇年代後半にはエヴリマンズ・ライブラリーのような標準的な叢書類が多数置かれるようになった。これらはいずれも一冊「一ドル」（二五ペンス）の均一本であった。

ジョージは陽気で進取の気性に富んだ若者であった。古本にたいする情熱と敬愛の念、本にたいする該博な知識は比類がなく、古本を金銭的な価値と結びつける者を軽蔑した。

生まれたのはシティのクラークンウェルで、祖父のジョージは一八八〇年代にイースト・ロードの店舗で古本屋を営んでいた。この頃ロンドンにも古本屋街ができつつあり、ファリンドン・ロード、ホーボーン・ヴィアダクトからクラークンウェル・ロードにかけての古本屋はとくに人目を引いた。いずれも露店の古本屋だったからである。祖父のジョージも一九〇九年に店舗から露店に変わり、ジョージの父親ジョージ二世が祖父の後を継いだのは第一次大戦直前のことであった。

ジョージは最初から古本屋をやっていたわけではない。初めは一九三九年頃クラークンウェル・グリーンで印刷工の徒弟から始めた。一九四二年には志願兵として従軍し、一九四四年のアルンヘム（オランダ南東部ライン川にのぞむ都市）のパラシュート降下部隊に参加し、九死に一生を得た。翌一九四五年には印刷の技術を買われてカイロ駐留軍の印刷業務を担当し、一九四七年兵役を終えて帰京するとふたたび印刷の仕事に従事した。一九五二年に結婚、父ジョージ二世の病気を契機に、露店の古本を引き継いだ。一九五七年の父の死後、ファリンドン・ロードとクラークンウェル・クロスのあいだに五つの露店を持つにいたった。売る本は、オークションの売れ残り本や収集家のコレクションの払い下げ本で、ロンドン内外の家具オークションでも多数の本を買い集めた。

ジョージが露店を開くのは毎週土曜日の朝と決まっていた。かれの魅力は仕入れたばかりの本を売り、他の店にくらべて格安だったことである。多くの客を引き寄せひとだかりはたえなかったが、かれはことさらに儲けようとはしなかった。まもなくひとりでは大勢の客をまかないきれなくなり、一九七八年頃には家族全員が店を手伝うようになった。ジョージの母、妻、娘のモヤ、息子のジョンである。同名の息子ジョージは家を離れて古本業のノーハウを修行中で、のちにセント・ジョン・ストリート一〇六番地に店舗を構えた。

露台の本はその上に防水シートをかぶせ、ひもで結んで下の本が見えないようにした。始まる時間がくるとまず路上の本のシートをはがす。そしてジョージは客に向かって大声で叫ぶ。「まだ露台のシートをのぞいてならん」と。道行くひとはそれを見てくすくす笑う。しかし、客は真剣である。悪賢い者はシートの下に手を忍ばせ、なかの本をまさぐろうとする。集まる客は千差万別である。下は本泥棒から上は『ワシントン・ポスト』の記者や大学教授、はては郊外に住む医者までさまざまである。

さて、ジョージの露店商のやり方について述べておこう。さきに触れたようにかれは本を段階的に売った。最初は路上に置かれた本から始め、それらは一冊二五ペンスの均一本として売り、客の多くはこれを目当てにやってきた。買った本はつぎの本をさがす邪魔になるので、そばを通る鉄道線路の壁際に置いた。そのために一悶着がおこることがあった。置いたはずの本がなくなり、それがひとの本に混じっていればまだしも、ついに出てこないときもある。そういうとき仲介を買って出たのはジョージで、なくなった本の代金を弁償してやった。

路上の本のつぎは露台の本である。これらの本はすべてオークション方式で売られ、最終値をつけたのはジョージであった。開始前に本の下見がおこなわれたのはふつうのオークションと同じである。落丁本のチェックや目当ての本の疑問点を質すためにおこなわれた。しかしそうしたあいだにも客の口から出るのはもっぱらからかい半分の揶揄や中傷、ナンセンスや無益な噂話であった。たとえば誰かがあるところで買った本は安すぎたとか、ある者が「この本は神が世界を創造した日時を確定した本だ」と叫ぶと、他の者が値段を知り叫ぶ。「なんだって、宇宙のなぞを解きあかす本がたったの五シリングだなんて！」というふうに。

本の下見の前にジョージがタイトルと値段をうっかり口にすると、すばやく「もらうよ、ジョージ」という声がかかり、本はたちまち消えていった。いよいよオークションが始まると騒音と熱気がその場を支配する。ジョージがタイトルを読み終わらないうちに本は持ち去られ、値段は後回しになる。ある者はすばやく本を両脚のあいだに挟み込み、皆が悔しがるのを尻目におもむろに取り出す。大勢がほしがる本には無数の声がかかり、一斉に手が伸びる。混乱は極度に達し、その渦中でもジョージは手際よく客と本をさばいてゆく。かくして最後の一冊にいたるまでタイトルと値段は早口に読み上げられる。

ふたりが同時に一冊の本をつかむときがある。ジョージはすばやくコインを投げ勝者を決め、三人以上のときも同様である。オークションの値段は必ずしも買い手にとって有利とはいえない。買い手のつけた値段が仕入れ値を下回るとき、本はただちに「売れない本」の箱に投げ込まれる。そうしているうちにも本は傷み擦り切れ、表紙と本文が無残にはがれてしまう。マニュスクリプト（写本）はばらばらのパンフレットと化し、揺籃期本は製本業者でも修復不能な状態になる。

路上の古本屋によくあることだが、めずらしい掘り出し物が出ることがある。一九八〇年代の初め、ひとりのせどり屋（ナイジェル・タダーズフィールド）がサー・トマス・モアの未発見写本『慰安についての対話』を掘り出した。オークション・ハウスがうっかり見落として手放したものだが、それをジョージは一〇〇ポンド以下の値段で売った。それがなんとサザビーズのオークションで四万三〇〇〇ポンドの値がついた！　つぎのような例もある。ケインズが二〇世紀初頭ケンブリッジのデイヴィッド書店からニュートンの『プリンキピア』を三シリング六ペンスで買った。当時としては驚くべき安値であった。ところがデイヴィッド書店はファリング・ロードのジョージからこの本をたった四ペンスで買ったから、三シリング六ペンスで売っても儲けは十分にあったのである。その種の話をあとで聞いてもジョージは決して悔しいとは

ジョージ・ジェフリーの古本屋

思わなかった。ジョージはいう。「わたしは本にいくら払うかを知っており、いくらで売れればよいかを知っている。その差額でこの四〇年間生活してきたのだ」。こうして最後は一番高い本が置かれた露台のシートがはがされる。このようなやり方が過去四〇年間つづけられ、その間なんの不具合もおこらなかった。

ジョージはメイヒューの本(『ロンドンの労働とロンドンの貧困』)からそのまま出てきたような人物だった。ロンドン生まれのかれは生涯にわたって大量の本を運び、体は誰よりも強く頑丈だった。昔ながらの労働者の気質を持ち、喋り方は荒っぽかったが、態度はてきぱきと事務的であった。一見自分の商品に興味がないように見えながら、決してそうではない。年間約一〇万冊の本を扱った経験は他の追随を許さぬ豊富な知識をかれに植えつけた。それればかりではない。それぞれの客の探究書まで心得ており、そっと呼んで当人のさがす本を手渡してやるのだった。古風といえば古風だったが、ジョージは誰にたいしても親切で、とくにご婦人にはそうだった。古い友人たちはジョージを「親方」と呼び、「国宝」と呼んだ。

ジョージが扱った本はあらゆるひとの手に渡り、あらゆる場所に行き渡った。有名なレニアー・ライブラリーはジョージの本でできたといわれる。ジョージは土曜日の朝、そこに行けば必ずいた。たまにホリディでいないとき、行き場のない客たちはアノラック姿でファリンドン・ロード界隈をうろついた。一説によれば、ロンドン古書業界の本の半数はジョージから出たといわれた。そのことからもかれの行動の広さと多様さが忍ばれるが、儲けがどれほどあったかはわからない。時代とともに高騰する倉庫代、露台の賃貸料などに加え、一九九〇年代以後の諸物価の高騰がやがて経営を悪化させていったと考えられる。結局、それがひとびとに惜しまれつつ店を閉じる原因となった。

奇妙な出会い

思わぬところで思わぬ本に出会うという経験は誰しも一度ならず持っているだろう。そういう経験は、新刊本屋でということはまずなく、たいていは古本屋においてである。日本を遠く離れた外国においても同じようなことはおこる。

たとえば、イギリス。わたしは前後二回この国を訪れたことがあり、そのうち一回は向こうの大学の留学生として丸二年間イギリス中部地方の小都市（ケニルワースとレミントン・スパ）に滞在した。その間、いろいろの見聞をし経験もつみ、それなりに充実した生活を送ったが、やはり、日本にいたときの習性は忘れがたく、休暇を利用しては、イギリス各地の古本屋をたずね歩いた。カタログも方々の古本屋から取り寄せ、しばらくすると毎日少なくとも一通はとどくほどになっていた。

二年間のあいだにはずいぶんとたくさんの本を買った。当然のことながら、買う本のほとんどは古本である。新刊本は日本にいても買えるし、やはり、イギリスに来た以上は、イギリスでなければ買えない本を買いたい。そうなると、当然古本の方が多くなってくる。

さて、本を買うには買ったが、はたして全部読めるだろうかという疑問がおこってくる。いくら買っても読まなければ、無用の長物である。——とはいいながら、これだけたくさん本を買うと、本があるというだけで、こころが豊かになって来るから不思議である。

イギリスの一八世紀にジョンソン博士という文人がいて、このひとは現代風にいえば、さしずめ文壇の大御所といったところだが、なかでも有名なのは、独力で大部な英語辞典を作ったことである。その機知とユーモアに富んだ言行は、腰巾着のようについて歩いたスコットランド人ボズウェルによって細大もらさず書き留められ、のちに膨大な『ジョンソン伝』となって結実する。おそらく、そのなかのジョンソンのことばだったと思うが、本というのは読まなくとも、必要なときにいつでも利用できるように、どの本に何が書かれているかを覚えているだけでよい……というのがある。そのためには、いくら多くの本があっても多すぎるということはないであろう。

ジョンソンのこのことばに行き当たったとき、目の前が急に明るくなったことを覚えている。積ん読も可なり、である。といっても、買った本のことをすっかり忘れたり、覚えていても置き場所がわからず、さがすのに一日がかりというのでは困る。

書斎が混乱状態となると、しかし、そういう不本意なことが時々おこる。といって、ただちに書斎の増築・整備をやるわけにはいかず、とりあえずは、昔からおこなってきた原則——どんな本でも最初に置いた場所から特別の理由がないかぎり動かしてはならぬ——を遵守するしかない。ちょっとでも動かすともう、迷子の迷子の子猫ちゃん、になるからである。

実際、本をさがすときほどいらいらするものはない。長時間それをやっていると、無意味な時間が際限もなく過ぎてゆくようで、ひどく虚無的な気分になる。頭のなかがまるで砂漠と化し、食欲さえ減退する。一日かけて見つからなければ、もうあきらめるほかないのである。

ジョンソン博士のいう本の利用の仕方をするためには、買った本のはしがきやあとがきを読んで、何について書かれた本かをわきまえておく必要がある。つぎにその本がどこにあるかをしっかりと頭に入れておかねばならぬ。そして、なによりも大切なことは、その本を買ったという事実を忘れてはならないことである。本をさがす副産物のひとつといえば、完全に忘れていた本に時折再会することくらいのものである。

——さて、ずいぶんと話がそれてしまったが、冒頭で書いた思わぬ本に出会ったのは、二度目のイギリス訪問のときである。短い一カ月の滞在期間中、一日ケンブリッジを訪れ、古本屋をかけめぐった。さすがは大学の町だけのことはある。古本屋も充実している。その一軒に入って、わたしは「あっ!」と思わず声を出しそうになった。

そこにあったのは、F・R・リーヴィスの『小説家D・H・ロレンス』であった。といっても、原書ではなく、日本の出版社から出た翻訳である。それも同じ本が二冊並べておいてある。値段は一ポンド、当時の為替レートで約五〇〇円。日本で買えば四五〇〇円の本であった。

これはまさに奇遇といってよかった。わたしはこの翻訳の存在を知っていたばかりでなく、翻訳ができつつある過程も知っていた。というのは、ふたりの訳者のひとりはわたしの同僚であり、その頃イギリスにいたわたし宛の手紙のなかで、この翻訳がいかに困難をきわめるものであるかを聞かされていたからである。なるほど、リーヴィスであればさもありなん、といささか同情もしていた。その後、この本は無事出版されたが、ずいぶんと高い値段だったので、残念ながら手に入れることができないままでいた。

その本が、イギリスのケンブリッジで五〇〇円で出ている。二冊買っても一〇〇〇円である。よほどそうしようかと思ったが、結局一冊を番台に持っていき、主人に差し出すと、これは何の本かという質問である。内容もわからぬ異国の本を書棚に並べていたのである。わたしの説明を聞くと、主人はそれでわかったといわんばかりに大きくうなずき、「これはリーヴィス本人から買った本だ」という。二冊ともそうらしい。それでわたしも納得がいった。著者宛てに出版社が送ったか、あるいは訳者が送ったかした本であろう。

当時リーヴィスは長年住みなれたケンブリッジを去り、ヨーク大学へ移ったという話を聞いていたので、たぶんその機会に蔵書の整理をしたのだろう。それにしても、自分の訳書をあっさりと手放してしまうリーヴィスの心境とはどういうものなのだろうか。そう思いながら、わたしはもう一軒の古本屋へと足を運んだ。

偶然とはこういうことをいうのであろう。ここでもまた、同様の本がわたしを待ち受けていたのである。『20世紀文学案内・ハックスリー』と題する本で、やはり日本の出版社から出た本である。見返しには英語で、この本の編者の名とともに「サー・ジュリアン・ハックスリー様、恵存」ということばが書き込まれている。ジュリアン・ハックスリーは作家オルダス・ハックスリーの兄であり、著名な生物学者である。日本の編者はいまは亡きオルダスに送る代わりに、生存中の兄宛てに送ったのだろうが、この本がその兄ジュリアンによって処分されたことはほぼまちがいない。値段は一〇ペンス、約五〇円であった。

同じ日に二度までもこういうことが起こると、誰だって妙な気分になる。しかも、ロレンスとハックスリーといえば私生活の上でも文学の上でも無二の親友である。そのふたりの本が日本で出版され、いまケンブリッジの古本屋にある。

もちろん、わたしは自分の国で出版された本を買いにイギリスまできたわけではない。しかし、この国にあっても何の意味もない本を残しておくわけにいかぬ。日本に持ち帰るのが本のためにも、訳者や編者のためにも親切というものであろう。二冊の本はいまわたしの書斎の片隅にある。

その後、リーヴィスを訳した同僚は亡くなった。しかし、ついに最後までイギリスにあったこの本のことは口に出せなかった。——あの残してきたもう一冊はどうなったであろうか。

魔法の国の本とジャーナリズム

わたしは某月某日、ロンドンのキングズ・クロス駅からハリー・ポッターの魔法魔術学校のあるホグワーツへと旅立った。プラットフォームは9と4分の3番線である。駅構内の掲示を確かめたうえ、午前一一時発の「ホグワーツ特急」に乗る。

ホグワーツに着いたら、さっそく「ダイアゴン横丁」に出かけ、そこの「フローリシュ・アンド・ブロッツ書店」を訪れようと考えた。わたしはもともと出版、新聞ジャーナリズム、図書館、読者などに関心があり、ホグワーツにおけるそれらを垣間見たいと思っていたのである。魔法の国であれば、それなりにひとをあっと驚かせるようなめずらしいことに出くわすかもしれない。はたして期待通りになるか、それはホグワーツに着いてからのお楽しみである。わたしは、車中、本を繙きながら、必要な個所

プラットフォーム9¾に立つ筆者。ここから旅が始まって…

を復習し、とりあえず着いたら「フローリシュ・アンド・ブロッツ書店」に行ってみようと思った。

「フローリシュ・アンド・ブロッツ書店」はポッターたちが新学期にホグワーツ魔法魔術学校の教科書を買いに行った店である。マグルではさしずめ、フォイルズ書店やウォーターストン書店、あるいはケンブリッジのヘファーズ書店やオックスフォードのブラックウェル書店のようなかなり大きな書店であろう。『ハリー・ポッターと賢者の石』のなかではつぎのように書かれている。

棚は天井まで本がぎっしり積み上げられていた。敷石ぐらいの大きさの革製本、シルクの表紙で切手くらいの大きさの本もあり、奇妙な記号ばかりの本もあるかと思えば、何にも書いていない本もあった（第一巻第五章）。

「敷石ぐらいの大きさの革製本」は中世期の写本の豪華装丁本を思い出させるし（しかし、これは写本ではなく印刷本であろう）、「シルクの表紙で切手くらいの大きさの本」はマグルの世界でも多くのひとが愛好するミニュアチュア・ブック（豆本）である。事実わたし自身もかなりの豆本を持っているし、自分の本を豆本で出したこともある。切手くらいの大きさの聖書やシェイクスピア全集があることも知っている。これらを読むには拡大鏡が要るほどにその活字は微細をきわめる。はたして、ホグワーツのひとたちも拡大鏡を使って読んだのであろうか（たぶん、その必要はなかっただろう）。書棚にはいかにも魔法の国らしい「奇妙な記号ばかりの本」や「何にも書いていない本」もある。「何にも書いていない本」は、わが国でも「自分の本」と称する全ページ白紙の本があるが、やはりめずらしいのでホグワーツのものも一冊買うことにしよう。ところで、二年生になったハリーたちが使う教科書はつぎのようなものであった（第二巻第四章）。

基本呪文集　　ミランダ・ゴズホーク著
泣き妖怪バンジーとのナウな休日　　ギルデロイ・ロックハート著

グールお化けとのクールな散策　ギルデロイ・ロックハート著
鬼婆とのオツな休暇　ギルデロイ・ロックハート著
トロールとのとろい旅　ギルデロイ・ロックハート著
バンパイアとバッチリ船旅　ギルデロイ・ロックハート著
狼男との大いなる山歩き　ギルデロイ・ロックハート著
雪男とゆっくり一年　ギルデロイ・ロックハート著

これらを見たとき、ハリーのクラス・メート、ジョージ・ウィーズリーは「この一式は安くないぞ。ロックハートの本はなにしろ高いんだ」という。本が高いのはロックハートの本ばかりではないだろう。それはマグルの世界でも同じである。イギリスの本は昔から高かった。一番安い小説でも、一八世紀には一冊三シリング。当時の小説は六巻とか七巻の複数巻で出版されたから、一編の小説を読むのに一八シリングないし二一シリングを要した。これは労働者の週給もしくはそれ以上の額である。小説の値段はつぎの一九世紀になるともっと高くなる。この世紀を特徴づける「三巻本小説」は一巻が一〇シリング六ペンス、三巻にすれば三一シリング六ペンスという途方もない値段であった。それを買うのは一般の読者では決してない。そこで登場するのが貸本屋である。貸本屋は小説の台頭と軌を一にしてイギリス各地に姿をあらわし、会費制で多くの読者に本を貸し出した。小説（のみならず一般に本は）貸本屋経由で読者に渡るのがふつうであった。三巻本がなくなる二〇世紀になっても貸本屋の必要性に変わりはなかったが、一九七〇年代、それに代わるものが注目を浴びるようになった。公共図書館がそれである。公共図書館の大幅な発展充実は貸本屋の存在理由を奪い去り、代表的な貸本屋はすべて姿を消した。——ホグワースの世界に貸本屋や公共図書館があったかどうかは詳らかにしない。前者はなかったかもしれないが、後者はたぶんあっただろう。まちがいなくあったのはホグワース魔術魔法学校の学校図書館である。この図書館は大きく「何万冊もの蔵書、何千もの書棚、何百もの細い通路があった」（第一巻第一二章）。といっても、教科書を図書館で借りるわけにはいかない。こればかりは自分で買わねばならぬ。ジョージが「この一式は安くないぞ」といい、母親が「心配そうな顔をした」のもうなずける。のちにロンが買った教科書一式を見て、ドラコ・マルフォイは「そんなにたくさん本を買い込んで、君の両親はこれから一カ月は飲まず食わずだろうね」（第二巻第四章）と憎たらしく嫌味をいう。

さて、みんなが「フローリシュ・アンド・ブロッツ書店」を訪れると、店内は大勢のひとだかりである。いったいなにごとかと見ると、「魔法使いの三角帽を小粋な角度でかぶった」ギルデロイ・ロックハートがいて、かれの自伝『私はマジックだ』の著者サイン会をやっていたのである。ロックハートはさきの指定教科書八冊のうち七冊の著者であり、いまをときめく人気作家である（第二巻第四章）。そのサイン会だからこのにぎわいも納得できる。こうして見ると、ホグワーツの世界もマグルの世界と同様の経済原理でなりたっているらしいことがわかる。人気作家やベストセラー作家を書店に送り込み、新刊本のサイン会をやり、読者の関心をあおり、さらに売り上げをのばす。「フローリシュ・アンド・ブロッツ書店」でロックハートの本を買ったひとびとは長蛇の列に加わり、サインをもらい、著者と握手し、ひとことふたこと言葉を交わす。マグルの世界でもよく見かける光景である。わたしもかつてケンブリッジのウォーターストン書店やヘファーズ書店、オックスフォードのブラックウェル書店などでおこなわれたサイン会――ジェフリー・アーチャー、ジャネット・ウォーターソン、カズオ・イシグロなどの――に行ったことがある。マグルの世界ではサイン会に加えて著者の講演というおまけがつくのがふつうだが、この日、壁に貼られたビラから判断してギルデロイ・ロックハートは講演はおこなわなかったようである。その代わりといっては変だが、会場のハリーを見ると、勢いよく立ち上がり、列に飛び込み、ハリーの腕をつかみ、正面に引き出すと握手を交わす。さらにハリーの肩に腕を回して、「なんと記念すべき瞬間でしょう！」と声を張り上げ、ハリーに自分の自伝をプレゼントする。そればかりではない。九月からホグワーツの魔法魔術学校で「闇の魔術に対する防衛術」の担当教授になることを宣言するのである。――なるほど、これでさきの教科書リストの不自然さが判明した。一冊を除くすべては自分の本を使うというわけである。さいわい、これらの教科書をハリーはその場でプレゼントされた。

ハリーはとまどうばかりだったが、ひとびとは拍手喝采である。『日刊予言者新聞』のカメラマンは握手するふたりの写真を撮り、「一緒に写れば、一面大見出し記事」間違いなしとロックハートは大喜びである。これを見るかぎり、ホグワーツの代表的な新聞といわれる『日刊予言者新聞』もかなりミーハー的な要素を持っていることがわかる。これはマグルの世界の「大衆紙」（タブロイド版で『タイムズ』などの「高級紙」の半分の大きさ）でもよく見られることだ。ところが、魔法界のこの新聞は記事の捏造までやってのけるらしい。たとえば「ダンブルドアの『巨大な』過ち」と題する記事がそうである。たしかにルビウス・ハグリットは女巨人フリドウルファの子供で、「純血の魔法使い」でない「半巨人」であるかもしれない。しかしかれを「魔法生物飼育学」の教師に任命した学校長アルバス・ダンブルドアを不当に糾弾し、さらにはマルフォイやビンセント・クラッブなどハリーに対抗するグループによるハグリット評を一方的に載せるのはフェアではない。これは記事の捏造である。「(ハグリットの作り出した) レタス喰い虫にひどく噛まれた? デタラメだ。あいつらには歯なんかないのに!」とハリーはクラッブにくってかかり、「怒りのあまり、『日刊予言者新聞』を持った両手は震えていた」。その記事を書き、ハグリットを教師の職から追放した女性記者リータ・スキーターに向かって「あなたって、最低の女よ」とハーマイオニー・グレンジャーはいう。しかし、ハーマイオニーもいつスキーターの餌食になるかわからない。となると、この新聞はミーハーどころか、ひとをおとしめるスキャンダル新聞でもある。週刊誌『週刊魔女』も似たようなものであろう。いうまでもなくこれと同様の新聞や週刊誌はマグルの世界にもある。先だっても『ニューヨーク・タイムズ』の若手記者が記事を盗用・捏造し世間を騒がせた。新聞は謝罪記事を載せ、この記者はクビになったが、はたしてスキーターにはいかなる運命が待ち受けているのだろうか——。

――わたしは本のなかのいろんな場面を反芻しながら、いつしか眠りに落ち込んでいたようである。目を覚ましたらそこはホグワーツではなく、なんとケンブリッジであった！

第2章　ソウルの古本屋

極寒のソウルで

二月の末の数日間をゼミの学生一二人と韓国の首都ソウルで過ごした。——などというと、不思議に思うひとがいるかもしれない。というのも、わたしの専門は英文学で、受け持つ学生も英文科の学生だから、行くとすればイギリスかアメリカではなかろうかと考えるからである。

ところが、じつはそうではない。わが愛知大学には夜学のコースがあり、その教養課程に「教養ゼミ」という選択科目がある。これは担当者の専門にかかわりなく、何をやってもよいということになっているので、わたしは毎年「作文教室」というものをやっている。もうかれこれ一〇年くらいになるであろうか。

「作文教室」には毎年一五人前後の学生が集まってくる。少人数の教室だから雰囲気はいつも和気あいあいで、九〇分の授業がいつの間にか過ぎてしまう。自分でいうのも変だが、教師と学生がこれほど分け隔てなく意見を述べ合う教室はほかにはなく、そんなこともあって、いまだに同窓会を開いて旧交を温めているクラスもある。

今回韓国へ一緒に行ったのは、その作文教室の学生たちである。というと、このクラスが毎年どこかへ旅行をしているように聞こえるが、旅行をしたのは今年が初めてである。男性九人に女性三人というグループだったが、行き先を韓国にしたのは、今年の教室にたまたま韓国人の留学生がひとりいたからである。その留学生李君が、ソウルにある韓国で一、二を争う旅行会社の名古屋事務所長をやっていて、その好意で採算を度外視した韓国行きが実現したというわけである。李君は昼は会社で敏腕をふるい、夜は大学で経済学を勉強するという熱心な学生で、「作文教室」に入ったのも、日本語をしゃべることはうまくできても（実際李君の日本語には舌を巻く）、書くことが思うようにいかないという理由からであった。

夜学には、社会人推薦入学制度というものがあって、これは、高校を出て何年かたってのち、新たに勉学に目覚めたひとたち――いわゆるUターン学生――に門戸を開こうという制度で、李君もそれで入って来た学生のひとりである。この制度で入って来た学生は、社会に出て長年経験をつんできた実際の社会人であるから、一般の学生と違って考え方も生活態度もしっかりしている。話していても結構楽しいし、専門的なことはともかくも、世間知らずの大学教師がかれらから教えられることも多い。あるとき、そういう学生のひとりと飲んでいて、「先生、人生とはいったい何ですか」と真面目に問い詰められてひどく悪酔いしたことを覚えている。

前置きが長くなってしまったが、今年の「作文教室」のクラスが終わりに近づいたある日、わたしが何気なく、今年の最終講義は、韓国のソウルでやってみたらどうだろうかといってみた。瓢箪から独楽とはこのことで、それにクラス全員が乗ってしまったのである。李君がすかさず「ひとり五万円でお世話しましょう」といったのも油をさして、ばたばたとソウル行きは決まってしまった。それからのちは、パスポートの申請(ほとんどの学生が海外旅行未経験者だった)に始まって、出発まではいろいろと面倒なこともあったが、その世話を一手に引き受けてくれたのがK君である。李君の配慮とK君の熱意がなければ、今回の旅行は実現できなかったであろう。

――二月二六日、朝の八時半に全員名古屋空港に集合した。わたしはひとり豊橋からの参加であったから、五時半の起床である。李君を入れて総勢一二人、一〇時発の大韓航空機に全員無事に乗り込んだ。座席は最後尾で、尾翼の近くであったから、ほとんど外は見えない。しかし、飛行機に乗るのが初めての学生は、離陸前から大騒ぎである。「圧力隔壁のすぐそばだぞ」などと縁起でもないことをいう者もいれば、飛ぶ前からもう青い顔をしている者もいる。しかし、みんな陽気で、これからさきの空の旅に期待を膨らませている。定刻の離陸であった。滑走路に飛行機が移動し、エンジンの全開とともに、機体がスピードを上げ、いよいよ離陸したときには、「飛んだぞ！」という歓声が一斉にあがる。その声を聞いて、わたしは昔イギリスからヨーロッパ大陸へ渡ったとき、中年の夫人が機体の離陸とともに、「イッツ・フライイング！」と感極まった声で叫んでいたことを思い出した。人間が空を飛ぶことができるなんて、まことに不思議なことである。「イッツ・フライイング！」こそ、われわれが忘れてはならない初心の声というべきであろう。

離陸後まもなくして、簡単な機内食が出る。わたしは、搭乗を待つまでのあいだに食堂で朝食をとっていたので、食欲はなく、もっぱらビールとウイスキーの水割を飲むことに専念した。飛行機の不安を紛らわせるというより、旅に出ればどうしてもつき物の飲料水を飲むといった感じである。今回の旅行中もずいぶんと飲んだ。もともと昼間から飲む習慣のないわたしでもこのときばかりは別である。

そうして酒を飲みつつ、隣に座った学生が取り出した韓国語会話の本を見ながら、みんなで挨拶のことば——韓国語では朝、昼、晩すべて同じことばなのでまことに便利である——や「ありがとう」「さようなら」など簡単なことばをひと通り練習した。それを見ていたスチュワーデスのひとりが、われわれの下手な発音を見るにみかねて、親切に直してくれ、ともかくも、右の会話くらいはマスターできたと自らを納得した。ところが、もうひとつどうしても知りたいことばがある。会話の本のどこをさがしてもそれは載っていない。スチュワーデスに聞いてもよいのだが、われわれが知りたかったのは、彼女自身に向かっていいたいことばだったから、ちょっとそれもやりにくい。ちょうどそのとき、ひとり最前列に席っていた李君がやって来たので、さっそくたずねてみることにした。李君はひと月に一回ソウルの本社と名古屋事務所のあいだを行き来しているので、座席はいつも最前列の上席と決まっている。われわれが李君に聞きたかったのは、韓国語で「あなたはとても美しい方ですね」といういい方だった。かれはしばらく考え込む様子で、どうも適当なことばが浮かんでこないらしい。やがて、なにかそれに似たいい方を教えてくれたが、耳で聞いただけではすぐには覚えられず、結局美しいスチュワーデスに声をかけるチャンスのないまま、二時間後には金浦国際空港に着いてしまった。

入国の手続きをすませて、外に出ると空の上から想像していたのとは大違いの寒さである。風もきつい。わたしは日頃愛用しているコートで間に合わすつもりでいたのを考え直して、めったに出したことのない冬用のオーバーを着てきてよかったと思った。それでもまだ寒さは身にしみるのである。詩人の丸山薫は韓国の冬のことを、「大陸性の気候は酷寒にちかく……湿度は低くてカーンと音のするような蒼空」であったと書き、つぎのようにも書いている。

冬の地面は凍てつき、凍ってよく辷り、耳に風が痛かった。子供の躰に寒さはこたえなかったのだろう。耳の痛さだけがいまも感覚によみがえる。

ガイドの説明だと、この寒さは北海道の寒さに近いという。しかし、わたしはかつて仙台に住んでいた頃、同じような寒さの日によく耳にした「しばれる」ということばを思い出していた。そうした寒さのなかでも、韓国のひとたちは肩をすぼめるでもなく、顔を赤らめるでもなく、ごく平然とした表情で町を歩いている。

オリンピックを来年に控えたソウルの町はきれいである。道路も広い。わたしたち一行は、途中のレストランで韓国料理の昼食をすませ、ただちに市内の観光に出かけた。まず朝鮮王朝時代の古宮景福宮を見学し、残った時間で、それに接する国立博物館をひと通り見て回った。博物館に陳列された品物の数々のなかには、工芸品として目を見張らせるものがたくさんあり、一、二日かけてでもじっくり見てみたいと思ったが、観光旅行の常で、時間的な制限はいかんともしがたい。

この博物館で印象的だったのは、大勢の韓国人小・中学生が見物に来ており、そのこと自体は日本の博物館や美術館と変わらない。しかし、かれらが陳列物を見る態度はまるで違っていた。一点一点を熱心に見、説明を読み、持参のノートに丁寧に書き込んでいる。それがひとりやふたりならまだしも、ほとんどの子供がそうなのだから、特別に強い印象に残ったのである。自分の国の遠い過去のひとびとの生活や、かれらが作り出した生活用具や工芸品を、誇りとも賛嘆ともいえる目付きで見つめている。民族の自覚と自立などという問題を持ち出さなくとも、かれらが大韓民国の次代を担うたのもしい子供たちであることはたしかである。

この国立博物館で、わたしはもうひとつのことを考えていた。というのは、この建物がかつて日本がこの国を統治していた頃の総督府のあとだったからである。明治三八年、日露間の戦争が有利に展開しつつあるのを見た政府は、韓国併合を一歩前進すべく、二月には日韓議定書、八月には第一次日韓協約を締結した。さきに挙げた丸山薫の父重俊は、韓国治安（警察）顧問を拝命し、すでに五月には一家をあげてソウルに居を移していた。翌年初代総監伊藤博文が就任し、まもなく重俊は総督府参与官兼警視総監となる。したがって、この博物館は、父重俊が勤務のため朝夕出入りした建物であり、父の勤めるお役所として幼い薫が遠くから仰ぎ見ていた建物であったにちがいない。重俊はその後健康を害し、四一年の夏には内地勤務となるので、薫がソウルで過ごしたのは六歳から九歳までの三年間である。

しかし、子供ごころにソウルの印象は強く残っていた。八歳になった薫が日本居留民団立尋常小学校の二年生になった年、他の小学生とともに、南山山麓つづきにある総督官邸の庭で伊藤博文を目の当たりにして、その訓話を聞いたことを鮮やかに覚えているし、朝鮮服を着た子供たちが街角や空き地でしていた奇妙な遊びのことも、旧暦の正月にあげる長方形の凧のことも、民家の井戸端や町なかの小川のほとりから聞こえてくる女たちの砧をたたく音のことも覚えている。

いま、ソウルの町を歩いていても、朝鮮服を着た男女を見かけることもなければ、砧

丸山薫

の音を聞くこともない。しかし、一方で丸山薫の「心をわんわんと泣かせた」日本人の韓国人酷使や、見下げた態度、そしてときには手痛い目にあわせた後遺症は、観光コースに乗っかった日本人旅行者の目に見えないところでいまでも厳然として残っている。——幼い丸山薫の心を泣かせた日本人の態度とは、たとえばつぎのようなことであった。

ある日、……わたしの家の前の坂をひとりの日本人が車に荷を積んで、脚をふんばり背をそらしながら降りてきた。荷が勝ちすぎていたとみえる。車はふんばるおとこの脚を押しまくって暴走し始めた。カジ棒を斜めに向けた。そこの路傍に電柱が在って、折から坂を登ってきたひとりの韓国婦人が車の暴走を避けようとして、電柱を背にしてたたずんでいた。カジの横棒は電柱に激突して車は止まった。いや、電柱との間に婦人を挟んで止まり、うーんとひと声、婦人は下腹を押さえて悶絶した。男は倒れた婦人をそのままにして車を坂道の反対側斜めへ向けて行ってしまった。

またある冬の日、勝手口の引込み線の小電柱がめりめりと音をたてて根元から折れた。頂上で仕事をしていた韓国人工夫が電柱を抱くような恰好で地面にたたきつけられ、頭でもひどく打ったのか、手足をぶるぶる痙攣させて動かなくなってしまった。その体をそばにいた日本人工夫がチェッと舌打ちしながら、ずるずると引きずっていったというのである。

それらを目撃した丸山薫は心をわんわんと泣かせながら、家のなかに走りこんでしまった。——こうした経験が心の傷となって、後年「朝鮮」という詩をかれに書かせた。その内容にいま触れる余裕はないが、自身この詩について「かの国に伝わる古い民話を自分流に潤色変形して、往時の日本帝国主義と被圧迫国との運命を暗喩したものであることは言うまでもない」と書いているのを見ればおおよその見当はつくであろう。

——国立博物館で感慨にふけることしばし、やがてわたしたち一行は同じバスで宿泊先のホテル「コリアナ」に向かった。ソウルで二番目に大きなホテルだという。玄関を入り、二階に通じるエスカレーターを降りたところで、チマ・チョゴリ姿の美しい女性の出迎えを受けた。今夜の楽しみは韓国流の豪華な宴会と決まっている。

一枚の絵はがき

いま、わたしの机の上に韓国から里帰りした一冊の文庫本がある。今年の冬、学生と一緒にソウルに行ったとき、古本屋で買ってきたものである。ソウルの古本屋についてきは、わたしは行く前から少なからぬ期待をもっていた。戦後日本人が着のみ着のままで内地へ引き揚げてきたとき、多くの本が残されてきたはずだし、そういう本が古本屋の書棚でほこりをかぶっていて、日本とは比べ物にならない安さで売られているのではないかと思ったからである。その期待は、少なくとも今回の旅行では裏切られることになった。なにしろ短いソウル滞在である。回れる古本屋の数もしれている。じっくり時間をかけて一軒一軒くまなく当たっていけば、もっと多くの収穫があったかもしれないのである。

ソウルの古本屋は鐘路区にある仁寺洞《インサドン》に集中している。ここは本来、書画、骨董、古典家具、古美術の街といった方がわかりやすいのだが、三五〇メートルほどのメイン・ストリートを注意深く歩いていくと、文字通り古書籍商と称してよいような古本屋に何軒かぶつかる。

わたしが、上に述べた文庫本を手に入れたのはそうした古本屋の一軒「文古堂書店」においてであった。六〇歳をいくぶん過ぎたと思われるこの店の主人は日本語がしゃべれた。わたしが戦前の日本の本、なかでも文学関係の本をさがしているのだというと、「そういう本はあまりないねぇ」というすげない返事である。それでもと思い、わたしはそれらしき本がある書棚を調べてみることにし、薄暗い店のなかでも一番奥にある書棚を見ていたら、韓国語の本に混じって日本語の本がちらほら目に飛び込んでくる。それらを数冊抜き出して、番台の上にのせると、主人はわたしの興味がどの辺にあるのかわかったらしい。書架に並べず、自分のすぐそばの、つまり番台の向こう側の客の目のとどかないところにおいてある低い書架から二、三冊の本を取り出し、「こんな本もあるよ」といくぶん自信あり気な様子である。そのなかの一冊が右に述べた文庫本だったのである。

昭和三二年八月一五日発行の角川文庫版『高橋新吉詩集』がそれである。なんだ、そんな本かと誰でも思うだろうし、事実わたしもそう思い、それを口に出しもしたのだが、主人は即座に「これを見なさい」といってタイトル・ページを開いて見せた。なるほどそこには、にじんだインクで詩人の署名と、その斜め上方にはやや大きめの字で「李鳳九様」と書かれている。昔の角川文庫をご存じの方は、万年筆で書き込みをしたり、棒線を引いたりするとすぐににじんでしまうあの用紙のことを思い出すであろう。ちなみにこの本が出た昭和三二年はわたしが大学に入った年である。

主人がわたしに見せたのは、署名入りの本ばかりではなかった。その本には一枚の絵はがきが挟んであって、それを抜き出して見せてくれたのである。どうやら主人が自慢したかったのは、こちらの方であるらしい。それは、詩人が同じ「李鳳九」に宛てたもので、おもてには数行の文面がペンで書かれている。これはたぶん、詩集を送ったときの挨拶状なのだろうとわたしは思い、そのときは大して気にもとめなかった。ところが、これがたいへんな絵はがきだということを帰国してから知ったのである。

値段を聞くと、詩集に絵はがきをつけて＊万円だと主人はいう。わたしは躊躇した。たかが署名入りの文庫本一冊と絵はがき一枚ではないか。これでは東京の古書価とさして変わらない。何のために韓国までやってきたのだ、と内心では思った。しかし、結局は主人の気魄に負けて、気がついたらわたしは値段の交渉をしていた。韓国では、売り手の言い値で買うのは常識はずれというから、わたしもそれにならって値引きの交渉をしたのである。

これは日本ではほとんど考えられないことである。新刊本と同様、古本といえども「再販価格維持制度」によって、定価（？）販売がしっかりと守られているような印象をわれわれは抱いている。値切る交渉などもってのほかなのである。にもかかわらず、わたしは学生時代に古本屋と一度ならず値引き交渉をしたことを思い出す。若気のいたりというべきか、向こう見ずというべきか、それでいて、一度もうまくいったという記憶はない。古本屋というものはテコでも動かない壁のごとき存在に思われたのだった。そういう古本屋にたいする印象は以後もながくつづいたが、最近では、懇意の古本屋へいけば、たいていは黙っていてもまけてくれるようになり、やはりこれも年季のせいなのかと思ってみたりする。

「文古堂書店」の主人は、値引き交渉に初めは頑として応じる様子はなかったが、だんだん話していくうちに気心が知れてきたのか、「それじゃ、まけましょう。まけましょう」と二度も「まけましょう」を繰り返して、数千円の値引きをしてくれた。そのかわり、ほかに買った数冊の本は一銭もまけてくれなかった。それらも決して安い本ではなかったのだが、これ以上交渉しても無駄だと思ったし、第一億劫でもあった。そんなわけで、予期せざる散財をしたわたしは、店を出るとほっと溜め息をついた。「ああ、韓国ももはや穴場ではない!」

帰国して、わたしは絵はがきの文字を丁寧に読んでみた。ただの挨拶だと思っていた文面は、つぎのような内容のものであった。

拝啓　過日は御馳走になりました。只今北京に来て居ります。これから大同の石佛を見に行きます。

北京にて

高橋新吉

消印を見ると、年号ははっきりと読み取れないが、日付は六月一三日とあり、年月日欄の上には「北京」、下には「PEKING」という文字も読める。切手は二分五厘のものが貼られており、部分カラーの写真の説明には、「萬壽山風景　晝中遊」とある。

したがって、これが北京で書かれ、北京で投函されたものであることはまちがいない。また、右の文面から、詩人は北京入りの前に京城に立ち寄り、李鳳九の歓待を受けたらしいこともわかる。京城での、おそらくは一夜の歓待を謝しているのである。その李鳳九の住所は「京城府内需町七〇―九」となっている。いうまでもなく、いまではもうない町名である。

わたしは、高橋新吉の年譜を調べてみることにした。新吉が北京に行った事実があるかどうかを確かめるためである。はたして、昭和一三年の項につぎのような記述があった。「六月北京に行く。九月上海より帰る」

これで、はがきの書かれたのが昭和一三年であることが判明した。六月という消印の日付も一致している。おそらく、このはがきが書かれた六月一三日というのは、詩人が北京に着いた直後か、少なくとも一週間以内のことであったろう。そして、文面によれば、この日詩人は大同の石仏を見に出かけている。大同の石仏とは、雲岡《うんこう》の石仏のことである。

いま、雲岡の石仏のことを述べるつもりはない。しかし、高橋新吉がこれを見に行った背景には、単なる物見遊山とは違った真摯な動機があったことは、ちょっとこの詩人の経歴を調べてみればわかることだ．大正一二年『ダダイスト新吉の詩』で詩壇に衝撃をあたえた詩人は、その後昭和三年、故郷で禅師の話を聞いてから、禅に傾倒し、叙情詩が主流の日本近代詩のなかで、禅—超越—形而上学という、特異な精神世界を形づくっていった。かれのダダイズムは、代表作「皿」に見られるように、日常の生にたいする苛立ちから生まれたものであるから、禅と結びついてもさほど不自然ではない。そうすることによって、「日常の生そのもののなかで、日常を超えるための通路が手探りされていた」（菅野昭正）のである。

石仏見物の旅はそうしたかれの禅体験と深く結びついていたと考えられる。——さて、雲岡を訪れた詩人は石仏にたいしていかなる感想を抱いたであろうか。わたしは、『高橋新吉詩集』をひと通り読んでみた。はたしてそのなかに、「大同」と題する一編の詩を見つけたのである。つぎのような詩である。

石仏よりも華厳寺の仏像が優秀だ
駱駝に乗った花嫁の方がもっと優秀だ
九竜壁も北京のより優秀だ

北魏美術は奈良建築の源流だと言われる
仏教はすでに亡び去ったのであろうか
その形骸はみにくく風雨にさらされている
しかし一本の毛髪で電流を切断し
巨象をつなぐことも出来得るように
思わぬことから芽を吹き出さぬとも限らぬ

どうやら、雲岡の石仏は詩人を満足させなかったようである。昭和一三年といえば、日本は前年七月に日中戦争に突入し、一二月には南京を占領している。一三年になると、南京占領を契機に日本政府はいよいよ強硬姿勢に転じ、一月近衛首相は「国民政府を相手にせず」との声明を発し、和平解決の道を遠ざけた。戦線は武漢占領、広州攻略へと拡大していった。こうしたさなか北京に滞在し、三カ月後上海から帰国するというのも異常な体験だったにちがいないが、このような緊迫した状況のなかにあって、国民政府が当の石仏について特別の配慮を払っていたとはとうてい考えられない。まさに放置状態だったのであろう。

しかし、「大同」という一編の詩は、まさにこの石仏見物から生まれた。その見物当日に書かれた絵はがきが、当時京城に住む李鳳九のもとに送られ、四〇年後に東京で出版された詩集のなかに挿入されていた。そしてそれがいまわたしの手元にある。

わたしはこの李鳳九というのはいったいどのような人物であろうかと思った。古本屋の主人に聞いてみると、ソウルでは「明洞紳士」と呼ばれ、たいへん有名な文人だということである。たいていの文学辞典には載っているということなので、帰って調べればすぐわかるだろうと思い、それ以上詳しくは聞かなかった。

ところが、帰国して代表的な文学辞典を二、三調べてみたが載っていない。百科事典に当たってみても駄目である。主人の話からすると、すでにこの世のひとではないような気もするが、それすらはっきりしない。——結局いまもってわからずじまいだが、これはいずれ解明しなければならない問題であろう。なにしろ、高橋新吉が四〇年以上にわたって交友をつづけた友人である。相手がよほどの人物でなければ、こうはいくまい。

そんなわけで、わたしはソウルの古本屋から一枚の絵はがきを持ち帰った。これを日本の古書市場に出せばいくらの値がつくかは知らない。それよりも、わたしは下手をするとソウルで葬り去られていたかもしれないこの貴重な絵はがきを日本に持ち帰ることができただけで満足である。

「ダダイスト新吉」はそういうことを知る由もなく、一九八七年六月五日八六歳でこの世を去った。

高橋新吉と李鳳九

李鳳九というのはどういう人物であろうかということを書いたが、その後の調べである程度のことがわかった。人物事典や百科事典にあたっても駄目だったので、『高橋新吉特集』と新吉自筆の絵はがきを買い求めた古書店「文古堂」の主人朴氏に手紙で問いあわせてみたのである。このひとは日本語がたいへん上手に話せるので、おそらく日本の文字も読めるであろうと推測してのことであったが、しばらくして氏から返事がとどいた。

それによれば、李鳳九氏は文人であるにはあったが、詩人や小説家というより、一般には随筆家として知られ、主に新聞や雑誌のエッセイ欄で活躍した人物であったらしい。その数は相当なものであったらしいのだが、どういうわけか、氏自身の単行本というものは出版されていない。個人のエッセイ集などというものが韓国では出版に値しないのかどうかは知らないにしても、氏の文章を読むためには、古い雑誌や新聞にあたるか、いく人かの文人の文章を集めたアンソロジーのたぐいをさがすしかないのだという。文学事典に載っていないのもおそらくはそうした事情からであろうが、文古堂主人の手紙から判断すると、どうやら氏には文人としての名声よりも、もっと別な面で評価されるべき点があったように思われる。

氏が「明洞紳士」と呼ばれるようになった経緯も、じつはそのことと大いに関係がある。なぜ氏が「明洞紳士」と呼ばれるようになったか。明洞といえばいまでこそ東京の銀座にも相当するソウルの繁華街である。高級品を売る瀟洒な店が軒を並べ、人通りもはげしいが、昔はそうではなかった。町並は色あせ活気がなく、貧乏人の住む街として有名だった。懐具合のさみしい貧乏文士たちも集まってくる。一八世紀のイギリスにもこれに似た貧乏文士たちのたむろする街があって、そこを「グラブ・ストリート」と呼んだが、かつての明洞はいわばソウルのグラブ・ストリートだったにちがいない。

そういった貧乏文士たちのパトロン的存在として君臨したのが、じつは李鳳九氏だった。かれの周辺にはその日暮らしの文士や文士の卵が集まってきた。氏自身は地主の総領息子であったから金には困らない。困ったひとに金を都合し、生活の面倒を見てやる。

原稿を読んでコメントを与え、よくできた原稿であればどこかの雑誌に売り込んでやる。いかにも世話好きな好人物といった感じである。——夜ともなれば、氏を中心ににぎやかな酒盛りが始まり、文学談義に花が咲いた。文古堂の主人は「座長」ということばを使っているが、面倒見のよい「明洞紳士」であったことはたしかである。

この話を聞くと、わたしはまたもや一八世紀イギリスの文人ドクター・ジョンソンのことを思い出す。ジョンソンは李氏のように金持ちではなかったが、その周囲には多くの文人、学者があつまった。「文学クラブ」というのがその名称で、コーヒー・ハウスの一室を借り切っての定期的な会合では、文学、芸術、哲学、その他あらゆる問題が話題の俎上にのせられた。ジョンソンの談話を一言一句もらさず書き留め、のちにあの膨大な『ジョンソン伝』を書いたボズウェルもそのひとりであった。——こう書くと、李氏もまたジョンソンに匹敵する文壇の大御所的存在であったかのように聞こえるが、その辺のところはいまのわたしにはまだわからない。

しかし、自らは折々の短いエッセイを書くことで満足しながら、氏が文士を周囲に集め、かれらの面倒を見、ゆくゆくは作家として世に送り出そうとした点においては、韓国文壇史上特筆すべき存在であったといってよかろう。いわゆる文学的パトロンとは李氏のようなひとを指していうのである。

日本の大学を出たという李氏は日本語がしゃべれたし、日本人の友人も多かった。戦前には、韓国に住む日本の文士や文士の卵も集まってきたにちがいない。はるばる日本から氏を頼ってやってくる日本人も少なくなかっただろう。

高橋新吉もそういう日本人のひとりだったのだろう。新吉が李氏と知り合ったのは、李氏の日本留学時代か、あるいは京城をたずねた新吉が誰かに紹介されたか、その間の事情はいまとなってはわからない。いずれにしても、両者が文学を介して互いに深く理解し合う仲になっていたことはたしかである。『高橋新吉詩集』を贈呈したのもその証《あかし》であろうし、それ以前も、それ以後も、新吉の詩集は刊行のつど李氏のもとに送られていたものと思われる。新吉が北京行きの途次、京城を訪れたのも、じつは李氏に会うことが唯一の目的だったかもしれないのである。その日新吉は懐かしい旧友に何年ぶりかに再会し、酒

高橋新吉

を酌み交わしつつ夜の更けるのも忘れて飽きず語り合ったのであろう。翌朝酔眼朦朧たる状態で、新吉が北京行きの特急列車に乗り込んだと想像するのは愉快である。

文古堂主人の手紙では、李氏が六、七年前に死んだことを伝えている。あとに残された蔵書は数千冊におよび、そのうち約一千冊は日本語の本であったという。そのなかには寄贈本もあれば、自分で購った本も多数あったと考えられるが、そのほとんどは文学関係の本であったらしい。さて、その一千冊の本がその後どういう運命をたどったか。それについても文古堂主人は興味深い話を伝えてくれている。

李氏には息子があった。父親が死んだとき、四四、五歳であったが、父とはおよそ縁もゆかりもない土建業を生業としていた。したがって、父の残した蔵書はかれにとっては無用の長物、猫に小判でしかなかった。その処理に困った息子は古本屋に相談してみることにした。その古本屋が文古堂の主人だったというわけである。相談を受けた主人は、日本の文学関係の本をそんなにたくさん買い込んでも、およそ売れる見込みはないと考えた。そこのところが主人の誤算だった。その後日本人が大勢韓国を訪れるようになると、わたしのように戦前の日本の本はないか、とたずね歩くひとが増えてきたのである。しかし、そのときは事情が違う。相談を受けた主人は知り合いのソウル大学の先生に相談してみることにした。さいわい、その先生は東京の古本屋を知っていて、連絡をとってくれた。さっそく神田からふたりの古本屋がやってきたが、その名前は忘れたと主人はいう。ふたりの古本屋は一千冊の本のなかからつぎつぎとめぼしい本を抜き出し、総額で二〇万円を払っていった。お礼にといって文古堂の主人には二万円をくれた。――神田の古本屋にしてみれば、棚からぼたもち、労せずして宝の山にありついたようなものである。二〇万円で買い取った本が日本で何倍、あるいは何十倍で売られたか、わたしの知るところではない。

ところで、例の『高橋新吉詩集』と自筆の絵はがきはどうであったか。やはりこれも李氏の所蔵品の一部であった。蔵書の整理がすべて終わったあと、土建屋の息子が主人をたずねてきて、お礼のしるしにといって置いていったものである。それがどうして息子の手に残ったのかは知る由もないが、文古堂の主人がありがたく頂戴したことはいうまでもない。

その結果はすでに書いた通りである。それらはわたしがいくぶん躊躇しながらも、＊万円で買い取ったものである。――ただでもらったものを＊万円で売るとは！　と思わないでもないが、それを正直にいう主人は憎めないひとであるし、商売は商売である。それに、神田の古本屋へ渡っていたら、わたしなどの手に入ったかどうかわかったものではないのである。

李鳳九氏と『高橋新吉詩集』および新吉自筆の絵はがきにまつわる話は以上の通りである。李氏については文古堂主人の手紙を読んで以来、興味を覚え、さらに多くのことを知りたいと思ったが、手持ちの資料ではどうにもならない。もっと別な資料に当たってみる必要があるが、とりあえず、いまわたしがやりたいことは、このひとの書いた文章を実際に読んでみることである。そうすれば、氏の人となりや、ひいては、戦前の日本人や日本の文士たちの消息、あるいは、かつてのソウルの文人たちの生き方が、多少なりともわかってくるだろう。——氏の文章を手に入れるにはどうしたらよいか。今度文古堂主人に手紙を書くときはそのことに触れてみようと思っている。といっても、わたしにはハングル語を読む能力はない。この歳で新しい外国語を覚えるのは少々億劫である。結局のところ、韓国人留学生の李君に頼んで内容を要約してもらうしかないだろう。

李鳳九氏にまつわる話はこれくらいにして、同じとき文古堂書店から買った別の本のことに話を進めよう。そのうちの二冊はいずれも京城帝国大学の紀要である。一冊は、京城帝国大学法文学会第二部論纂・第五輯『西洋芸文雑考』（昭和八年一二月二〇日発行、東京・刀江書院刊）であり、他の一冊は京城帝国大学文学会論纂・第六輯（特輯号）『京城帝国大学創立一〇周年・記念論文集　文学編』（昭和一一年一一月二五日発行、東京・大阪屋号書店刊）である。前者の奥付には編集者として上野直昭、後者には安部能成という名前が印刷されている。

いずれも、ずいぶん古い本であり、また、ずいぶん重い本である。重いのは用紙のせいであろうが、試みにページ数を見ると、前者は五五一ページ、後者は四〇〇ページとなっている。本の良し悪しを重さとページ数で判断しようなどというつもりは毛頭ないが、それにしても目方の重い本である。ソウルから持ち帰るとき、ショウルダー・バッグが肩に食い込んだのを今更ながら思い出す。

さて、このように重い本、しかも値段も決して安くない本をわたしはなぜ買ったのか。本を買う動機というのは割に単純なことがある。タイトルが気にいったからとか、著者が前に読んで好きになった本と同じだからとか、出版社がなじみのものだからとか、ただ何となくおもしろそうだからとか。わたしがこの二冊の本を買ったのも割と単純な理由からである。——つまり、この本が京城帝国大学の法文学会および文学会の紀要だったからである。もっと単純化すれば、京城帝国大学の出版物だったからである。といっても、京城帝国大学の出版物であれば何でもいいというわけにはいかない。わたしの関係分野のものでなければ、やはり買う気は起こさなかったであろう。その内容、つまりそこに掲載されている論文（とその著者）についてはのちに触れることにして、とりあえずは、わたしとこの紀要との「関係」について述べておかねばならぬ。もっと正確にいえば、わたしの大学とこの紀要を出した京城帝国大学との「関係」といった方がよい。

そこで、わたしの大学、つまり愛知大学と京城帝国大学との関係ということになるが、これはかなり深い関係があるといってよい。手元にある大学案内の簡単なパンフレットを見ると開巻つぎのような文章が見える。

愛知大学は、戦後まだ硝煙の香が消えない混乱期であった昭和二一年に、戦後最初の法文系旧制大学として豊橋市に創立された。それは東亜同文書院大学・京城帝国大学・台北帝国大学など海外にあった大学から引き揚げて来た教職員と学徒の平和国家日本の再建にかける情熱の結晶でもあった。……

いくぶんの美文調が気になるが、こうしたパンフレットの通例としてお許し願いたい。ここに書かれている内容は当時の『中部日本新聞』(現在の『中日新聞』)に、もっと具体的に書かれている。

中部唯一の法文系大学として豊橋に設立される愛知大学は、学長は元慶応大学塾長・林毅陸博士と決定。教授陣は元京城大学教授九名他、東亜同文書院六名、九大五名、京大一名、東北大一名など専任三〇名兼任二〇名の計五〇名であった。内容と教授の陣容から見て、帝大説さえ出ている。(昭和二一年八月一八日号)

創立は昭和二一年一一月一五日。豊橋市の南部、旧陸軍第一予備士官学校の跡地を借りてその第一歩を踏み出した。当時教室として使われた木造の建物は徐々に取り壊されていったが、一部はいまでも「本館」として使われている。士官学校の校長室はいまの学長室である。

第3章　仙台の古本屋など

青春の仙台

わたしは仙台時代の六年間に五、六回下宿を変わっている。坊主町、東八番丁、向山、北仙台……思い出せるのはここまでである。なぜこんなに変わったのかと聞かれても、特別の理由は思い出せない。町名が仙台のあちこちに散らばっていることからすると、下宿の選択にはそれなりの配慮があったのかもしれないが、偶然そうなったとも考えられる。そんなわけで、仙台の最後の年にはこの町のほとんどを知り尽くしたような気分になっていたことはたしかである。学生時代のメリットは行動の自由自在性にあって、現在のように一家を構えて生活の根をはると、住んでいる場所からわずかな範囲しか知らないで終わってしまう。その町に住んでその町を知らざるがごとしである。わたしは下宿の一家と家庭的な雰囲気で（つまり「家族ぐるみで」）接するのをあまり好まなかったので、何の未練もなく、思いついたときにさっさと住居を変えることができた。移動も簡単。本と机と布団程度であれば、友人に後押ししてもらうリヤカーで十分である（このリヤカーも最近では見かけなくなった）。あとになって本や持ち物が増えてくると、やむなく運送屋ということになったが、考えてみると、その頃から下宿移りも一段落ついたようである。大学院にいくようになると、多少は落ち着いて本を読まねばという気持ちも働いていたのだろう。

そういえば、最後の北仙台の下宿が一番長かった。ここで卒業論文を書き、修士論文をまとめたことを考えると二年以上はいたのだろう。どちらかというと、おとなしい二年間であった。しかし、この期間を除くと、わたしの仙台での生活はなにやら毎日をがむしゃらに突っ走るような、一途で、自己本位で、みっともなく、薄汚いものであった。しかし、わたしはそれを後悔したりはしない。あれ（こそ）が青春であったと胸を張っていうことができる。学校にはほとんど毎日いっていた。といっても、教室へいっていたわけでない。いまの学生同様、あの頃のわたしの生活はクラブ活動とそこでの交遊関係を中心に展開していた。『象形』という雑誌の発行元である文芸部というのが、わたしの所属するクラブで、片平町の片隅の木造建築のなかにその部室はあった。

雑誌は一年に一冊か二冊発行していたと思う。雑誌を発行するだけでは物足りなくて、秋の大学祭のときには誰がいいだすともなく、芝居を上演しようということになり、二、三年それをつづけた。芝居といってもただの芝居ではなく、部員の誰かが書いた創作劇である。最初は『ゴドーを待ちながら』に心酔していた農学部の友人の書いた芝居を、進駐軍が残していった川内の大講堂で上演し、あの大きな客席にようやく三〇人ほどの観客が集まった。それも友人知人がおもで外部の者はほとんどいなかった。「狐につまれたような芝居だった」とある友人はそれこそ狐につままれたような顔をしていった。

二回目は部員全員が合作というかたちで書いた（このタイトルはいまでも覚えている）『青い群像』という芝居であった。学生生活の喜怒哀楽を描いた、今度はずいぶんわかりやすいものだったが、わが文芸部には女性部員が少なかったので、ちょうどその頃交流を始めたばかりの宮城学院の文芸部との合同公演というかたちでうってでた（なんと大げさなことか！）。会場も宮城学院の講堂で、よくもまああんなところで恥ずかし気もなくやったものだとほとほと感心する。しかも、なにをかくそう、これらの芝居の主演は、わたしだったのである。

宮城学院との交流からは、一冊か二冊の合同雑誌が生まれている。この雑誌にしろ『象形』にしろさがせばどこかから出てくるだろうが、いまのところそういう気にはなれない。それよりもいま思い出して吹き出すのは、交流とは名ばかりで、集まれば雑談ばかりしていたわれわれを見て、ある宮城学院の部員が「もっと知的な話がしたいわ」と愚痴をこぼした。それではと、ある男がさっそく『哲学のすすめ』とかなんとかいう本を小脇に抱えて向こうの部屋を訪問したというのだからたまらない。そういうことはありながらも、結局この交流からは、当初期待していたような大きな成果は生まれなかった。

仲間には小説を書く者が多く、詩や評論を書くものは少なかった。雑誌が発行されるとさっそく『文学界』に送り、巻末に載る「同人雑誌評」に取り上げられることを期待した。大声ではいえないが、わたしも小説を書いていて、この欄で何度か取り上げられたことがある。しかし、圧巻は亀田由紀夫君の「雪蛇」という作品であった。この小説は最大級の賛辞を受けたばかりでなく、雑誌に転載され、やがてその年の芥川賞候補になった。惜しくも賞は逸したが、この「事件」は文芸部の大いなる誇りであり、勲章であった。その亀田君がどうなったかといえば、『群像』その他の編集者に期待をかけられながらも、結局後続の作品が書けず筆を絶ったままでいる。いまは浜松日体高校の教頭である。文芸部の顧問は最初生物の永野為武氏であったが、永野氏がアメリカへ留学したのを契機に、フランス文学の鎌田博夫氏にお願いした。病気のため早めに帰国した永野氏は顧問の地位に未練があったようだが、すでにわれわれの興味は若くてハンサムな鎌田氏の方に移っていた。

文芸部の仲間とも鎌田さんともことあれば、（さもなくば、ことを作って）よく飲んだ。鎌田さんはアルサロがおもしろいという話をしたが、われわれはもっぱらトリス・バーやオーシャン・バーでハイボールを飲んだ。それでもホステスを相手に結構楽しめたのである。北仙台では近くの台の原で夕方から屋台が並び、そこで赤い色の焼酎のうめ割りを飲み、いかのポッポ焼きやホヤを食べた。たばこは出始めたばかりのフィルターつきのハイライトである。

東八番丁に下宿していたときは、夫婦でやっている近くのトンチャン屋に通った。夫人はこの亭主にどうしてこんなひとが、と思わせるほどの艶やかな美人で、われわれは酒が回ると主人をやゆしからかった。相手はそれに調子を合わせ、そばにいる夫人にはおかまいなしにひどく猥褻な話をした。それを聞いてわれわれはますます欲求不満に陥るのだった。そんなある日、この店から仲間が巧妙に一升瓶を一本盗みだした。しかし主人は見通しで、つぎにいったとき、「この前の酒代つけておいたよ」とあっさりいわれ唖然とした。主人は根っからの善人であった。

酒を飲み怪気焔をあげたあとは、下宿に帰り泥のように寝るのである。――やはり、あれはわたしの大切な青春であった。

仙台の古本屋思い出すまま

古本屋へ行けば、必ず数冊の本を買って帰るというのが当たり前になってから、もう何年になるだろうか。高校時代は学校の帰りによく古本屋によったが、学習参考書以外そんなに本を買った記憶はない。本を買い始めたのは、やはり大学に入ってからであろう。

大学に入ったのは、昭和三二年。郷里の岡山を離れて、遠くみちのくの仙台まで行った。この町の古本屋は、大学の専門課程のある片平丁の近くにかたまっていて、門を出て東一番丁という繁華街まで行く道の両側に四、五軒あった。しかし、大学の教養課程の間は、郊外の西の平と、川内の米軍基地あとでそれぞれ一年ずつを過ごしたので、あまりひんぱんに古本屋に行くことはなかった。それが三年になり片平丁に移ってからは、大学の行き帰りにいやおうなく古本屋の前を通ることになった。

古本屋はここだけではなくて、かなり離れた医学部の近くにもあったし、東一番丁にもあった。後で知ったのだが、近代文学関係で有名な万葉堂という本屋が大学の裏門から出てしばらく行ったところにあったらしい。うかつだったが、在学中はついにたずねることなく終わった。

仙台の古本屋でどんな本を買ったのか、いまではほとんど忘れてしまっている。しかし、専門の英文学関係の本よりはむしろ、日本の近・現代の小説や評論の方を多く買っていたことはほぼまちがいない。

創元社版の『太宰治作品集』全六巻を買ったのは、大学の一年のときで、このときのことはよく覚えている。仙台で出ている『河北新報』という新聞に読者小説欄というものがあって、毎月一回短い投稿小説を載せていた。誰が投稿してもよかったので、ものは試しと一、二日かけて書いた小説を送ってみたら、それがうまい具合に採用されて、生まれて初めての「原稿料」をもらうことになった。選者は竹腰与三郎氏で、このときはどういうひとかわからなかったが、のちに劇評家で、舟橋聖一の娘婿であることを知った。原稿料はたしか税込で二千円だったと思う。それが掲載後一向に送られて来ないので、編集部あてに催促の手紙を出したことを覚えている。このときの小説――これを小説といい得るならば——のタイトルも筋も忘れてしまった。それよりも、掲載用の写真を撮りに下宿をたずねて来た若い記者が、リンゴ箱を重ねた本箱に並べてあった和辻哲郎の『ゼーレン・ケルケゴール』を見て、非常に興味を示したことを印象深く覚えている。大学を出たばかりの、文学青年とおぼしきあの記者はその後どうなったであろうか。

さて、もらった原稿料をわたしは何に使おうかと思った。うまいものを食べて、ビヤホール（仙台には二軒あった）でも行けばたちまちなくなってしまうに決まっているが、それでは初めての原稿料が虚しすぎる。そう考えて、わたしは高校時代に洗礼を受けた太宰治の小説をこの際まとめて読んでみようと、古本屋をさがしたあげく、創元社版の『太宰治作品集』に行き当たった。ちょうど二千円であった。

買った本のことはあまり覚えていないのに、買いそびれた本のことは妙に覚えている。ある日一軒の古本屋で『英文学の感覚』が出ているのを知った。著者の土居光知氏はすでに教壇を去り、住居を東京に移していたが、その余韻は依然として残っていた。かなり高い値がついていて、本を手にしながら迷った。いまなら、多少なりとも触手の動いた本は、あとで後悔しないよう思い切って買うことにしているが、当時の懐具合ではそう簡単に決断は下せない。明日もう一度来て決めようと思ったのが間違いで、翌日行ったときはすでにあとの祭であった。『英文学の感覚』はいまだにわたしの書棚にはない。

アーサー・ウィリーの『源氏物語』の英訳本も、講談社ミリオン・ブックス版の『中村光夫作家論集』全四巻もそうであった。前者は二巻本の立派な装丁の本で、いまでこそ手軽に買えるが、当時はそう簡単に手に入る代物ではなかった。その後『源氏物語』はアメリカ人エドワード・サイデンステッカーによる新訳が出て、新たな読者を獲得することになるが、ウィリー訳は依然として根強い人気があり、いまや古典の域に入りつつある。

『中村光夫作家論集』の方は、その後別な版で手に入れたが、ミリオン・ブックス版はついに見たことがない。

福田恆存訳によるD・H・ロレンスの『現代人は愛しうるか』も同様に見逃した本のひとつであった。この本はいまでは筑摩叢書で簡単に買えるが、白水社版の初版はめったにお目にかからない代物だった。ある日古本屋で見つけ、当然買っておくべきものなのに、どうしたことか、このときも一日遅れで買いにいったらもう書棚にはなかった。いかにも白水社らしいフランス装の瀟洒な本で、その後古本屋へ行くたびに気をつけているが、いまだに見たことがない。

さきに、東一番丁にも一軒古本屋があったと書いたが、これはちょっとかわった本屋で、ふたりの老婆がいつも店の奥に座っていた。彼女たちは姉妹だというらわさで、なるほどそう思って見れば似ていないでもない。いずれ婚期を失って、そのまま年をとり、生きるためにひたすら古本屋を営んで来たという印象だが、店のなかは混乱をきわめ、どこに何を置いてあるのかさっぱりわからない。その上いつ行っても変わりばえのしない本ばかりで、あまり興味はわかなかったが、たまに行くと決していい気持ちで店を出ることはなかった。というのも、店に入ると、老婆たちがジロリと一瞥をくれ、「ほら、また泥棒がひとり入ってきた」といわんばかりの顔付きをする。猜疑心のかたまりといった感じである。ふたりに背を向けて本を見ていても、じっとりとした視線が背中にまとわりついて来る。よほどひどい目にあったことがあるのか、根っからの人間不信なのか——ともあれ、一冊本を選び、番台に持っていくと、そこでもまたことは一筋縄では行かぬ。本の表紙裏に書かれている値段通りには決して売ってくれないのである。これは以前に付けた値段で、いまは値上がりしているから、あと百円出さないと売らない、という。客がほしいという本が急に惜しくなったのか、手放したくないといった素振りを露骨に見せる。結局、何割か増しの値段で、しかも、ありがたく買わせていただいたという気持ちにさせられて、店を出るのである。友人が吉本隆明の『高村光太郎』の初版本を手に入れたのも、同様のやりとりの後であった。いまにして思えば、そうした屈辱を嘗めさせられたにもかかわらず、この本は掘り出し物であったと思う。――この店もおそらくその後姿を消したことだろう。

大学の門の前の古本屋の一軒に熊谷書店というのがあった。この名前をなぜ覚えているかというと、専攻は違っていたが、同級生にこの本屋の息子がいたからである。わたしはかれが羨ましくてならなかった。店に並んでいる本はどれも自分の射程内にある。夜になれば、好きな本を自分の部屋へ持ち込み、翌朝返しておけばよい。いや、必要な本なら無制限に手元に置いていてよいはずだ。この息子とは交友関係がなかったので、とくに恩恵をこうむったことはないが、古本屋の息子と親しくするのも決して悪くはなかったなと、いまにして思う。そのうち、いつも番台に座っていた主人が亡くなり、しばらく店を閉じたあと、夫人が代わって店番をするようになった。息子があとを継いだとも考えられないので、この店もいまではなくなっているだろう。主人と息子は顔立ちがそっくりであった。

あれから二五年以上もたったいま、片平丁にあった大学は川内地区に移転し（したがって場所だけは教養部と一体になり）、古本屋も大きく様変わりしたと思う。しばらく訪れていないのでなんともいえないが、いつか日本古書通信社の『全国古本屋地図』を見ていたら、ずいぶんと新しい古本屋ができていて、それも方々に散らばっている。しかしこの地図帳も昭和五三年版で、その後の改訂版を見ていないので現状はどうかわからない。

ともあれ、仙台時代に身に付いた古本屋歩きの習性は、五〇近くなったいまでもつづいている。その間に買い集め、いまなお増えつつある本は、わが家の居住面積を大幅にせばめつつある。

名古屋で出した『日本古書新聞』

二十数年前、名古屋のある古書店の店仕舞いに立ち会ったことがあり、そのとき色あせたA四判の封筒に二つ折りにして入れられた『日本古書新聞』という見慣れぬ新聞を発見した。全部で、第一号から三号、五号から八号、一〇号の計八号分であった。いま取り出してみると、黄色く日焼けした用紙は触れると崩れんばかりで扱うのに細心の注意を要する。大きさは四ページだてのタブロイド判、毎月二五日発行、定価一部一〇円で、発行所は日本古書新聞社（名古屋市千種区千種通り一―五三）。

まず昭和二三（一九四八）年七月二五日発行の第一号を見てみよう。冒頭に「機熟し愛古連誕生」という文字が躍っており、つぎのように書かれている。

「戦時中組織された愛知県古書籍商業協同組合は去る五月解消し、名古屋、豊橋、岡崎、半田、一宮の各都市ではそれぞれ組合を結成していたが、これらを打って一丸とする愛知県古書籍組合連合会（愛古連）創立の機運もいよいよ熟した」とあり、さる六月一六日に準備委員会を名古屋市中区矢場町の組合事務所で開き、諸般の準備を整え、いよいよ七月五日午後一時から結成会を開催、二四条にわたる規約案を審議決定し、ついで理事長以下の各役員、会計係を選出した。ここに敗戦後三年目にして新しい愛古連が誕生したのである。

一方、全国古書籍商組合連合会（全古書連）は一カ月後の八月六日に同じ名古屋で創立総会を開いた。『日本古書新聞』第二号（九月二五日発行）によると、五月から準備されていた総会は名古屋の覚王山中村会館で、全国都道府県の代表者約四〇人の出席を得て開催され、暑中四時間にわたる審議の結果、規約、予算その他を決定し、全国の業者が団結する全古書連がここに発足した。愛古連はこれより一足先に結成されたもので、全国組織に対する一支部組織であった。

さて、『日本古書新聞』は愛古連の結成を契機に発行されたと思われるが、その名称が『日本古書新聞』であってなぜ『愛知古書新聞』でも『名古屋古書新聞』でもなかったのだろう。まるで日本を代表する新聞であるかのような印象である。そこで内容を少し見てみよう。たしかに掲載された記事には地方色がほとんど見られない。

第一号には「本の歴史」（栗田元次）、「ケインズ文献の高価など」（塩野谷九十九）、「古本雑感」（宮原将平）などが並び、第二号は「唯一弁証法雑感—体系」（菅原仰）、「経

日本古書新聞　昭和23年7月25日（日曜日）

機熟し愛古連誕生

規約と理事長以下の陣容きまる

公のない古書の購入に

適正價格認定か

学校と業者で委員会つくる

本の歴史（一）　栗田元次

ケインズ文献の高價など　塩野谷九十九

創刊の言

『日本古書新聞』第1号（昭和23年7月25日）

済学史の文献解題」（鼓肇雄）、第三号は「万葉集古本の複製」（松田好夫）、「マックス・ウェーバー研究について」（出口勇蔵）、第八号には「大治本一切経音義複製のこと」（山田孝雄）というのもある。

　以上のような文章を読む読者はこの新聞が名古屋で発行されたものとは思わなかっただろう。発行元を見て初めて知った読者はこれを大いに誇りに思ったにちがいない。発行人の鷹見進氏も同様であったろう。おそらくこういった自負心を背景に発行されたと思われるのが、名古屋書籍商業協同組合の機関紙『古書と文化』（七月一日創刊、

未見）である。名古屋が古書文化の中心であるという衿持のあらわれであろう。『日本古書新聞』もそうした熱い空気のなかで生まれた新聞であったにちがいない。

全国の読者を視野に入れた編集方針はしかし地元に頼らざるを得ない面もあった。古書店の広告の掲載がそれである。小さな囲みのなかに書店名を並べたもので、そこにはなじみの古書店がつぎつぎと登場する。人生書房、松本書店、尾関書店、文光堂書店などがそれで、昔を知るひとには懐かしい名前である。この新聞には毎号「古本時価速報欄」もある。

さて、多くの古書愛好家に向けて発行された『日本古書新聞』はいつまで存続したのだろう。大切に保存していたと思われる持ち主が第一〇号までしか持っていなかったことを考えるとこれが最終号であった可能性が高い。もしそうだとすれば昭和二四年六月三〇日をもって終わったことになる。名古屋でおこった戦後のいわば古本文化高揚期と呼応するようにあらわれ消えていったと考えることができるが、以後の古本業の発展を見ると、『日本古書新聞』はその貴重な一石を投じたといえよう。その意味で果たした役割は小さくなかったのである。

第4章

本と人と

作家と画家たち

ジョン・ウェインのこと

ジョン・ウェインといっても、アメリカの俳優のことではない。わが国では、『急いで下りろ』とか『親父を殴り殺せ』（いずれも晶文社）、また『ジョン・ウェイン短編集』（太陽社）などの翻訳で知られている小説家である。一九五〇年代、キングズレイ・エイミス、ジョン・オズボーン、ジョン・ブレインなどいわゆる「怒れる若者たち」の一員としてジャーナリズムの脚光をあびたといった方がわかりやすいかもしれない。既成社会の習慣や、硬直化した人間関係に対して示したかれらの怒りと反抗の姿勢は、『急いで下りろ』や『ラッキー・ジム』（エイミス）、『怒りをこめて振り返れ』（オズボーン）、『年上の女』（ブレイン）などの作品によくあらわれている。

が、いま述べようとしていることはそういうことではない。先日、イギリスからとどいたばかりの『ブックセラー』誌の広告欄を見ていて、ウェインの新刊書『懐かしき影たち』（ジョン・マレー社）が出ることを知ったが、そのそばにウェインの写真が載せてあった。それを見てわたしは「ウェイン氏もお爺さんになったなァ」と思ったのである。その顔にはかつての怒れる「若者」の面影はない。それもそのはず、一九二五年生まれのウェインは、今年でもう六〇歳である。

わたしは一度だけジョン・ウェイン氏に会ったことがある。といっても、直接話したわけではなく、ある小さな詩の会に来ていた氏の話と自作詩の朗読を聞いたことがあるというに過ぎない。が、このときのことはいまでもよく覚えている。メモによれば、この会はイギリス中部地方のウォリックという町で、一九七三年五月四日金曜日の午後八時からおこなわれている。会場はスミス・ストリート一四番地のウォリック・ギャラリーである。ウォリックは当時わたしが住んでいたレミントン・スパのとなり町で、同じスミス・ストリートにあった古本屋にはよく通った。

ジョン・ウェイン

その夜の話の内容は、当時ウェイン氏が書いていた長編詩についてのもので、朗読もその詩からの引用であったから、いわば本邦初公開といってよいものであった。一時間あまりを、氏は低い声で、情熱的に語り、朗読した。会場——といっても、小さな画廊に椅子を並べただけのものにすぎなかったが——に集まった二〇人ばかりの参会者は身動きひとつしないで耳を傾けていた。

あれはウェイン氏のくせだったのだろうか。氏は話しながらポケットのなかのコインを左手でジャラジャラと鳴らしつづけた。いま、わたしの耳に残っているのは、氏の声よりもむしろその音の方である。四十数年前の若いウェイン氏である。

エドワード・ガーネット　現代イギリス文学を育てた生涯

小説『狐になった貴婦人』『動物園の男』を書いたデイヴィット・ガーネット、あるいは、トルストイ、ドストイェフスキーをはじめとする多くのロシア文学を翻訳紹介したコンスタンス・ガーネットの名前を聞いたひとは多いだろう。また「理想的な図書館人」とか「一九世紀の典型的な書誌学者」といわれたリチャード・ガーネットの名前を記憶しているひともいるだろう。しかし、かれらの父親であり、夫であり、息子であったエドワード・ガーネットの名前を知っているひとの数は少ない。文学事典を繙いて見ても、そのほとんどは、エドワード・ガーネットへの言及はないのである。

それはなぜか。――一言でいうならば、「パブリッシャーズ・リーダー」に対する認識が不足しているのである。かれらは「それに値する賞賛を受けることはめったなことではないし、ひとびとはかれらの良心的で気苦労の多い仕事をほとんどか、あるいはまっ

エドワード・ガーネット

たく知らない」（アンウィン）からである。エドワード・ガーネットはほかならぬそのパブリッシャーズ・リーダーであった。一九歳のときから死の年まで、およそ四〇年間この仕事に従事してきたのである。

グレイスターの『書物語事典』を引くと、「パブリッシャーズ・リーダー」はつぎのように定義されている。——「報酬をもらって、出版社への持ち込み原稿を読み、良否を判定し、論評を加え、レポートを書くひと」。ことばの正確な意味からいえばこれで十分であろう。しかし、パブリッシャーズ・リーダーの仕事はこれにとどまらない。それらが最も基本的な仕事だとすれば、それに付随する仕事、たとえば、かれが採用した原稿について、作者に助言を与え、修正や改稿をすすめることも重要な仕事のひとつとなってくる。その助言は、文法、シンタックス、リズム、事実の誤認などの表面的なものから、テーマ、モチーフ、構成などの本質的なものにまでいたる。そして、ときにはリーダー自身が筆を執って作品の改稿に当たるのである。実際、作者によって書き直された原稿の十中八九までは改悪されて戻ってくると、長年パブリッシャーズ・リーダーをつとめたスウィナートンはいっている。かくして、原稿が「出版社の内部で手を加えられる度合は相当なもの」（マイケル・ジョウゼフ）となり、ときにはもとの形をほとんどとどめないことすらある。「リーダーの助言によって完全に書き換えられたり、改稿されたりする原稿の数は一般に考えられているよりはるかに多いのである」（アンウィン）。

こうした初期の段階における助言や激励が効を奏して、やがてひとりの作家が世に送り出される。それが結果的なものであれ、リーダーのもうひとつの仕事が作家を育てるという点にあることは強調されてよい。

パブリッシャーズ・リーダーの仕事がおおよそ以上のようなものだとするならば、そのいずれにおいても最も傑出した才能を発揮したのが、エドワード・ガーネットだったということになる。ガーネットは四〇年間、フィッシャー・アンウィン、ハイネマン、ダックワース、ボドリー・ヘッド、ジョナサン・ケイプなどのリーダーをつとめ、やがてその影響力ゆえに文学上の「教皇」と呼ばれるようになった。

出版社に持ち込まれる原稿はすべて読まねばならぬと主張したガーネットは、週に一回出版社を訪れると、原稿の一冊一冊にすばやく目を通し、やがて一ダースほどを抜き出すと、それらを精読のために持ち帰った。そしてつぎの週にはレポートをたずさえてやって来た。ジョナサン・ケイプはいっている。「かれの判断力はいつも正確だった。……文学作品を理解し評価する能力は驚くべきものであった」。それはまさに「超能力のごとき才能」(リチャード・チャーチ)であった。

ガーネットのこうした才能によって発見された作家の数は多い。それを列挙するなら、おそらく二〇世紀文学を形づくる主要な作家たちを網羅することになろう。――コンラッド、フォースター、ゴールズワージー、W・H・デイヴィス、ロレンス、モームなどが比較的初期の作家だとすれば、H・E・ベイツ、ヘンリー・ウィリアムソン、ヘンリー・グリーン、J・C・ポイスなどは比較的後期の作家たちであった。そして、その中間に位置するのがT・E・ロレンス、リーアム・オフラハティ、ショーン・オフェイランなどであった。まことに壮観というべきである。しかし、これがすべてではない。ガーネットは「約四〇年間、イギリスで書かれた最高の作品のほとんどに強力な手をさしのべてきた」(ヘンリー・グリーン)のである。

ガーネットを語ることは二〇世紀文学史を語ることであり、その重要な側面史を語ることである。（そして、その試みに成功しているのが、ジョージ・ジェファーソンのガーネット伝である）。

ガーネットが作家たちとの交渉に当たって書いたおびただしい数の手紙は現在ほとんど残っていない。しかし、われわれは、コンラッド、ゴールズワージー、W・H・ハドソン、ロレンスが、ガーネットに宛てて書いた手紙を読むことによってその概要を知ることができる。――コンラッドはこんなふうに書いている。「心からなる感謝の気持ちで、第一章に対するご批評を拝見いたしました。そして、何の異存もなくあなたのご意見に従います。……おっしゃる通り、第一章はよくないのです」。『救助者』についてコメントしたガーネットの手紙に対する返礼である。こうしてガーネットは、コンラッドの初期の作品を修正させ、加筆させ、削除させたのである。それは、ときに作品のテーマにおよぶこともあった。同様のことはさきに挙げたどの作家の場合についてもいえる。作者の意図を明確に見抜き、それを作者によりはっきりと意識させ、その才能を巧みに引き出し、作者の書きうる最高の作品を書かせるのがガーネットの批評であった。ベイツは書いている。「ガーネットはまれにみる洞察力で創造的頭脳を見抜くことができた。つぎにはその頭脳の潜在能力を見きわめ、形を与え、育て、果実を実らせることができた。これが批評である。創造的な蕾みを花開かせる批評なのだ」。

こうして、新しい作家をつぎつぎと世に送り出したガーネットは、やがてかれらとの間に交友関係を結び、コンラッドとの場合がそうであったように、親密な関係を生涯にわたってつづけることもあった。いわば、これもまた、ガーネットの特異な才能の一面である。相手が困っているのを見るとかれはじっとしておれなかった。ベイツには本屋の店員の仕事を世話し、タイプライターを買い与え、オフラハティには薬代を払ってやり、読む本を送ってやった。W・H・デイヴィスのためには王室下賜年金や王立文学基金までも獲得してやった。作家のためになることなら何物をもいとわなかったのである。

パブリッシャーズ・リーダーとしてのガーネットには、確たる二つの信念があった。ひとつは、小説は芸術の一形式であるということ、いま一つは、小説は人生に対して忠実であり、それ自身の真実、つまり「本当らしさ」をもたねばならないということである。ロシアの作家、なかんずくツルゲーネフやチェホフに傾倒したのは、かれらの小説に芸術としてのフォームがあり、「本当らしさ」があったからである。

「本当らしさ」の主張は、誇張やきどりや安物のセンチメンタリズムに対する攻撃となってあらわれる。それはまた、かれの批評をささえた個性や独創性の尊重につながっていくものであった。

こうした信念や主張は、パブリッシャーズ・リーダーとしての仕事のみならず、かれがしばしば文芸雑誌や新聞に寄稿した批評や書評のなかにもあらわれた。「かれの書く書評は、その時代に無視されながらも現在高く評価されている才能ある作家を、その時代には人気があっても現在忘れ去られている多くの作家のなかからふるい分けようとするものであった」(ジェファーソン)。要するにガーネットは時代の一歩先を歩いていたのである。そのことは、コンラッドが「売れる」作家になるまでに二〇年かかり、ハドソンが世に認められるまでに一生かかったことを見ればわかる。

ガーネットの周辺にいる作家たちは、やがてロンドンのレストランでおこなわれる火曜昼食会にやって来た。都会を離れては、サリー州にある田舎の家「ザ・カーン」がかれらの格好の「避難場所」となった。作家の卵たちに取り囲まれたガーネットは、並外れた機知と寛容さを発揮し、かつて一八世紀の「文学クラブ」に君臨したドクター・ジョンソンを髣髴とさせた。

かくしてガーネットは、ベイツが「あらゆる職業のなかで最もわびしい」と呼んだパブリッシャーズ・リーダーのなかに自らの天職を見出し、生涯にわたって「誰よりも多くの生原稿を読んだ」。そこから生まれた多くの功績についてはもはや多言を要すまい。かれ自身は、しかし、名誉勲位も文学博士の称号も頑として受けようとはしなかった。変わり者だったということもある。頑固だったということもある。しかし、「アウトサイダー」に徹することがかれの固い信念であった。ガーネットの孤独をそこに垣間見ることができる。その孤独は、時代を先駆けたかれの批評眼や、若き日作家たらんとこころざし、道半ばにしてあきらめた喪失感ともつながっていよう。

そうした孤独のなかからこそ、ガーネットのあの輝かしい仕事が生まれたのである。

霧を愛した画家　牧野義雄の生涯

1

さて、この辺で私の好きな牧野義雄について述べておこう。しかし、牧野義雄といわれても、そんなひとは知らないというひとが多いであろう。それもそのはず、牧野は日本ではほとんど知られていない画家なのだから。

牧野義雄——もちろん日本人である。その日本人が漱石と同じ時代のロンドンにいた。当時のロンドンにはかなりの日本人留学生がいて、互いに交流を結んでいたようだが、牧野はそういう日本人グループとは没交渉であった。漱石がロンドンに着いたとき（一九〇〇年一〇月二八日）、牧野は画家になるべくひたすら絵の修行にはげんでいた。渡英は、漱石より三年前の一八九七年一二月八日のことである。そのとき牧野は二八歳、漱石より五歳年下であった。アメリカからパリをへてロンドンに着いたとき牧野はほとんど無一文であった。運よく仕事にありつき、日本の造船事務所で働くことになった。報酬は月五ポンド、のちに九ポンドになった。週二一シリングあれば一家がなんとか生活できた当時、月九ポンドは週給にすれば一七シリング、ひとりで生活するには十分の額である。ちなみに、漱石が文部省から支給されていた給付金は月一五ポンドであった。

牧野は昼間は事務所で働き、夜はサウス・ケンジントンにある芸術科学学校に通った。その後、ゴールド・スミス美術学校に転校し、マリオット、バックマン、ファーンなどの教師について学んだ。卒業したのは一九〇〇年一二月で、漱石がロンドンに着いたのはちょうどその頃である。牧野は美術学校卒業後もすぐには自立できず、教師のマリオットから、絵で身をたてるためには、雑誌の挿絵が自在に描けるようにならなければ駄目だといわれる。さっそく、公園や駅やレストランなどひとがたくさん集まる場所へスケッチブックをもって出かけ、人物スケッチにはげんだ。

定収入があるうちはよかったが。造船事務所の閉鎖とともに一九〇一年三月三一日に職を失い、牧野はしばらく退職金で生活する。しかし、それもすぐに底をつき、たちまち貧乏のドン底に落ち込んだ。

ある日、(ゴールド・スミス美術学校卒業後)一時通っていた中央美術学校の教師ウィルソンから著名な美術雑誌『ステューディオ』の編集長ホームズを紹介された。ホームズをたずね人物スケッチを見せたら、思わぬことにそのうちの何枚かを買ってくれるという。牧野の絵が雑誌に売れた最初のものである。一〇月号に七枚の人物スケッチが掲載され、ホームズは牧野の絵にはイタリアの画家ヴァラトンに通じるものがあると書いた。しかし、これをきっかけに絵の注文がつぎつぎときたわけではない。美術学校のマリオットの授業でモデルをしたり、友人の働く墓石屋で墓石のデザインを描いたりした。墓石屋では牧野の描く天使がバレリーナそっくりで使い物にならないといわれた。この頃から牧野の最も苦しい時代が始まる。食うや食わずの生活である。

牧野義雄

そんな牧野のもとにアメリカ時代の友人野口米次郎がたずねてきた。一九〇一年の一一月のことである。野口は翌年四月まで牧野の下宿に同宿し、その間、詩集『東海より』を自費出版し、一躍ロンドン詩壇に躍り出る。その直後に出た第二版のユニコーン・プレス版の装丁を手がけたのは牧野であった。

野口が去ってのち、生活はいよいよ困窮し、絵を売るために毎日のように出版社を回るが、一向にうまくいかない。思いあまっていちどはハイド・パークのサーペインタイン池に身を投じようと考えた。死を決意したその日、いつもは高嶺の花と敬遠していた『マガジン・オブ・アート』の門を思い切ってたたいてみた。ところが牧野の絵を見た編集長スピールマンの口から予想もしないことばが返ってきた。「よろしい、わたしの雑誌に掲載しよう」というのである。それのみか、牧野の窮状を見かねたスピールマンは手紙に添えて、作品二点の代金として二〇ポンドの大金を送ってきた。牧野は救われた。スピールマンは命の恩人であった。牧野の絵がこの著名な雑誌を飾ったのは一九〇三年八月号のことである。

しかし、なによりも牧野にさいわいしたのは、一九〇二年一月に締結された日英同盟であった。これを契機にイギリス人の対日感情は一段とよくなり、日本にたいする関心も高まった。無名の牧野にも活躍のチャンスが訪れたのである。

この年、グラント・リチャード社から同社の子供用のおとぎ話シリーズ「ダンピイ・ブック」に日本のものを入れるという話が舞い込んだ。そこでできあがったのが『ジャパニーズ・ダンピイ・ブック』（一九〇二）である。日本の昔話「花咲か爺さん」の英語版で、色刷りの美しい挿絵が本文を飾っている。この本は一九三三年に『ふたりの日本人の物語』と改題されてチャトー・アンド・ウィンダス社から再版された。

おそらく、これがきっかけになったと思われるが、同年アンウィン社の『イングリッシュ・イラストレイテッド・マガジン』から原稿の依頼があり、一二月号に「日本の子供たちは新年をどのように祝うか」を寄稿し自ら挿絵を六枚添えた（この月、漱石は帰国している。ついに牧野の存在に気づかなかったようである）。これが好評だったとみえ、ひきつづき翌一九〇三年の二月号には今度はイギリスを題材にした「わたしの見たロンドンの町並」を寄稿し八枚の挿絵を添えた。その後もう一度この雑誌には「芸者の本当の話」（同年一二月号。挿絵七枚）を書いている。

一九〇三年はまたディーン・アンド・サン社から『小人がいて、かれは銃をもっていた』（一九〇三）と題する絵本を出した年でもある。これはイギリスの童謡を日本に移し、登場人物もすべて日本人に置き換えた楽しい絵本である。全ページを色刷りの挿絵

はじめて雑誌に載った「秋」

が飾り、日本にたいする興味を喚起するのに大いに役立ったものと思われる。

　イギリス人の日本への関心はさらに演劇の世界にもおよんだ。一九〇三年の一二月には、日本を舞台にした『神々の寵児』が名優ビアボーム・トリーによって上演され、このとき牧野は頼まれて日本の衣装や道具立ての制作に協力した。トリーや他の劇団員との交遊がこのときから始まる。

　これとは別に、さきの『マガジン・オブ・アート』に載った牧野の絵を見て、スピールマンを通して近づいてきたのが、日本事情に通じ、日本を題材にしたエッセイや小説を書いていたダグラス・スレイデンである。ふたりはたちまち意気投合し、以後スレイデンの小説に挿絵を描くのが牧野の仕事になった。『カッセルズ・マガジン』の一九〇四年二月号掲載の小説「イギリス公使のスペインの姪」、同年五月号の「愛と戦争のなかの麗人」、翌年（一九〇五年）一月号の「シキタの日本の恋人」につぎつぎと挿絵を描いていった。
ホームズの『ステューディオ』には、一九〇四年の一一月号に初めて色刷りの牧野の絵（「秋」）が掲載され、翌一九〇五年の九月号にもモノクロの「ウェストミンスター、クロック・タワー」が掲載された。いずれも全面一ページ大の大きさである。

牧野にもようやく幸運の女神が微笑みかけたようである。さきの『カッセルズ・マガジン』の「シキタの日本の恋人」に挿絵を描き、『ステューディオ』に「ウェストミンスター、クロック・タワー」を描いた年、つまり一九〇五年が明けると、牧野にとって画期的な年が待っていた。この年の六月に大手の出版社チャトー・アンド・ウィンダス社からロンドンをテーマにした一連の絵を制作するよう依頼されたのである。スピールマンの推薦によるものだったが、さっそく牧野はロンドン各地を精力的に歩き回り、総計六〇枚の絵を仕上げた。文章は歴史家で文筆家のW・J・ロフティが当たり、できあがったのが『カラー・オブ・ロンドン』である。一九〇七年五月八日に出版されたこの本は、これまでほとんど無名だった牧野義雄の名を一躍ロンドン画壇に知らしめた。多くの新聞雑誌が好評をもって迎え、読者からも絶賛の手紙が多数寄せられた。クリフォード・ギャラリーで催された原画展にはアレクサンドラ皇后が臨席し、随行のシートン子爵夫人が買い上げた一枚が皇后に献納されるという栄誉にもあずかった。講演や執筆依頼も多く、牧野は一躍社交界の名士になった。牧野三七歳、渡英後九年目にしてようやく手に入れた栄冠である。

セーヌ川沿いの古本市

『カラー・オブ・ロンドン』の成功に気をよくした出版社はさっそくつぎの企画をもち込んだ。『カラー・オブ・パリ』がそれである。一九〇七年の八月末から翌年の六月末までおよそ一年間パリに滞在した牧野は六〇枚の絵を描いた。そのなかで、(わたしの好みからいうと)セーヌ川沿いに立ち並ぶ古本屋の風景を描いた絵がとくに印象的である。パリ滞在中はスピールマンの紹介で多くの著名人と会い、ロダンもそのひとりであった。この年(一九〇八年)の一二月に『カラー・オブ・パリ』は出版された。

出版社は好機を逃さない。さっそくつぎの企画にしたがって牧野はローマへと旅立った。一九〇八年一〇月から一九〇九年五月までローマに滞在して、できあがったのが『カラー・オブ・ローマ』である。本文は牧野が熱烈な恋心を寄せたといわれるイギリス人女性オライヴ・ポターが執筆し、五九枚の絵とともに一九〇九年一〇月に出版された。これでロンドン、パリ、ローマのカラー・シリーズ三冊が完成した。いずれも大判八折判サイズの豪華本であった。

話はこれで終わらない。つぎはオックスフォードである。一九〇九年の九月中旬からクリスマス直前まで牧野はオックスフォードに滞在して、『オックスフォード・フロム・ウィズン』(内側から見たオックスフォード)のための絵を描いた。総数二〇枚。このなかには雨に煙るオックスフォードの町の絵が多いが、およそ三カ月の滞在中ほとんど毎日雨に降られたせいである。しかし、それがはからずもこの町の風情をかもし出すのに成功している。本文はオックスフォード大学で英文学を講じるヒュー・ド・セリンコートが執筆し、一九一〇年四月に出版された。

牧野の幸運はなおもつづいた。つぎに待ち受けていたのは、かれ自身の著述の出版である。牧野は幼少の頃から名古屋のアメリカ人宣教師に英語を学び、英語にはかなり自信があったし、英語で著述をする夢を長年抱いていた。スピールマンからロンドン滞在日記を書くようにといわれたとき、牧野は内心これで夢がかなったと喜んだにちがいない。出版社はさきのカラー・シリーズと同じチャトー・アンド・ウィンダス社である。このようにして牧野の最初の著述『日本人画工倫敦日記』が一九一〇年五月に出版された。この本はカラー・シリーズにまさるとも劣らぬ、いや、それを上回る評判を呼んだ。内容もさることながら、牧野の書く風変わりな日本式英語が英国人の好奇心に訴え、新鮮な感動を呼んだのである。

(日本語訳は『霧のロンドン・日本人画家滞英記』サイマル出版会)

2

一九一〇年五月に『日本人画工倫敦日記』を出版した牧野はその人気にささえられて、つぎつぎと自著を出版してゆく。『わが理想の英国女性たち』(一九一二年二月)、『幼少年時代思出の記』(一九一二年一〇月)、『述懐日誌』(一九一三年一〇月)などがそれである。このうち『わが理想の英国女性たち』はフォード・マドックス・フォードの主宰する『イングリッシュ・レヴュー』誌の一九一一年二月号から六月号まで五回にわたって連載されたものであった。

『イングリッシュ・レヴュー』誌にはその後も、一九一一年一〇月号に「日本の画家」（アーサー・モリソンの同名の本の書評）。一一月号には「中国の革命」、翌一九一二年の四月号には「科学と人間性」をつぎつぎと書いた。ほかの雑誌でも、『フォートナイトリー・レヴュー』誌の一九一〇年七月号に「古い日本画に関する省察」、『ナインティーンス・センチュリー』誌の一九一二年一二月号に「日英演劇雑感」を発表し、文筆の面でも大活躍であった。

絵の方では、一九一〇年七月から一一月まで、オライヴ・ポターとダグラス・スレイデンとともにイタリア各地を歴訪し、ポターの文章に九六枚の挿絵を添えた『イタリア巡礼記』を一九一一年一一月に出版し、翌年にはアルフレッド・ハイアット編『ロンドンの魅力』（一九一二年一〇月）に挿絵六枚を描いている。さらに、『ヨネ・ノグチ物語』（一九一四年一〇月）やスレイデンの自伝『わが二〇年の人生』（一九一五年四月）にも挿絵を添えた。

ここにいたって、画家・文筆家牧野の地位はゆるぎないものとなった。『述懐日誌』の出版された一九一三年の一二月九日には「ロンドン・ソサエティ」の例会に招かれ、名だたる紳士淑女を前に講演をしている（演題「ロンドンの現在」）。講演後、牧野自身もロンドン・ソサエティへの入会を許され、各界名士の一員として名をつらねることになった。渡英後ちょうど一六年目のことである。ちなみに、ビアボーム・ツリーはこの会の副会長のひとりであった。

さて、この辺で牧野の絵に話を戻そう。牧野がロンドンを描いた絵は、さきの『カラー・オブ・ロンドン』と『ロンドンの魅力』の挿絵、それに自身の著述に添えたものなどを合わせると百数十点に達する。これらの絵に共通するもの——それは牧野の絵の特徴をなすものでもあるが——は二つあるとわたしには思われる。ひとつはロンドンの霧であり、ひとつはイギリスの女性である。

牧野がロンドンの霧を愛したことは『日本人画工倫敦日記』の記述を引用しながらすでに述べたことがある。ここでは前述のロンドン・ソサエティでおこなった講演「ロンドンの現在」の一部を紹介するにとどめよう。この講演で牧野は一六年前にロンドンに来たときといまのロンドンとをくらべて、最も残念なことはロンドンの霧がどんどん少なくなっていくことだという。その原因は（石炭の代わりに）ガスや電気を使用し始めたことと関係があるというが、理由はそれだけではないと牧野は考える。——わたしは昔、理科の教室で、霧は地面からわき出るものだと教わったことがある。たぶんこれはじじつであろう。それなのにロンドンの地面はどんどん少なくなってゆく。地面に建物がつぎつぎに建つからである。これでは霧が少なくなるのも当然である。「わたしはこの悲しい結果を嘆く。わたしは霧を愛する者だからだ」。もともとロンドンの建物の色は決して美しいとはいえない。それをやわらかくつつむのが霧であり、「霧を通して見るロンドンは一〇倍も美しい」。この偉大な芸術家「霧」にロンドン子はいったい何をしようとしているのか――。

霧が少なくなっていくロンドンを悲しむ牧野は、じじつ数多くの霧の絵を描き、後年「霧の画家」と呼ばれるようになる。「霧のないロンドンは花嫁衣装をつけない花嫁のようなものだ」といい、「ロンドンの霧に魅了されたわたしはもはやロンドン以外の場所で生活できるとは思えない」という。その牧野にロンドンの霧がなくなったらどうなるだろうか。画家の運命を左右しかねない一大事である。しかし、それについてはいまはおくとして、じっさい、牧野の描く霧の絵はすばらしい。そのすばらしさを、牧野と同様ロンドンの霧を愛した野口米次郎は「ロンドンの霧を描いて芸術的エフェクトを挙げた」といい、霧のすばらしさをロンドン子に「開眼」させたともいう。そのような霧の

チェルシー・エンバンクメント

絵のなかから一枚だけ選び出すのは難しいが、あえて選ぶとすればつぎの絵になるだろう（上図）。

「チェルシー・エンバンクメント」と題するこの絵は、テムズ川の土堤（エンバンクメント）沿い、アルバート・ブリッジ付近の風景を描いたものである。橋を渡れば向こう岸には広大なバタシー公園が広がっている。

じつは、漱石もまたこのバタシー公園にたたずんで、川向こうの建物のガス灯が「鳶色の霧」の奥に「ぽたりぽたり」としたたるように灯ってゆく様をエッセイ「カーライル博物館」で描いている。ということは、牧野はそれとは反対側の岸辺からテムズ河畔の霧を描いたことになる。

——少し雨模様だがロンドン子はあまり気にしない。ガス灯が鈍く橋の上を照らし、光の影を歩道に落としている。近くには屋台があり、そこだけがなにやら人間らしいぬくもりがある。それもそのはず、ここはコーヒー・スタンドで、日本ならさしずめ屋台のラーメン屋というところである。

ひとびとは冷えた体をあたためようと遠くからも近くからもやってくる。コーヒー以外にもちょっとしたスナックの用意があり、主人は陽気に客を迎え入れ、にぎやかな談笑が始まる。夜の更けるのも忘れて、ここだけが別天地である。外では深い霧が橋やガス灯や屋台やひとをすべて覆い尽くしている。——牧野の霧にたいする愛着はどうやら人間にたいする愛着に通じているようである。

つぎはその人間、なかんずく牧野が最も愛したイギリス女性についてである。牧野の人柄がそうさせたのだと思うが、かれの周囲にはたえず女性があつまり、かれを愛し、かれに親切であった。牧野は感謝している。「わたしのいまあるのはやさしいイギリス女性のおかげだ」と。

牧野の著述『わが理想の英国女性たち』はイギリス女性にたいする賛美と感謝の念を綴ったものである。英文のタイトルはMy Idealed John Bullesses というが、じつをいうと、Idealed という単語もJohn Bulless（es）(John Bull の女性形）という単語も英語にはない。牧野の自家製英語なのである。このように牧野は平気でことばを作り自分のコンテキストのなかに入れて使う。そういうところがイギリス人の目から見て、愛嬌だったのかもしれないし、使う英文そのものも、流暢だがいかにも和製英語そのものである。和製英語といえども通じれば問題はない。むしろイギリス人から見て、予想外の表現が新鮮に映ることだってある。ともあれ、牧野はなにごとにも一切頓着しない。自家製英語であれ何であれ、いいたいことをすべていってのける。天真爛漫である。そういうところが女性にモテた秘訣なのかもしれない。

『わが理想の英国女性たち』には、イギリス女性のよいところがいろいろ書かれている。イギリスの若い女性はホッケー、ゴルフ、テニスなど戸外のスポーツを愛し、活動的である。これは他の国では見られないことである。自然の懐に抱かれて、小鳥の鳴き声を聞き、野原の美しい花々を見、春の青々と燃える木々の若葉や、秋の黄金色に輝く美しい木々の紅葉に接するとき、ひとは知らぬうちに純化される。自然が純粋で神聖だからである。イギリスの若い女性がしばしば「小羊」と呼ばれるのは、彼女たちが小羊のように活発であり、かつやさしいからである。

若い女性は人生で最も大切な時期を過ごしている。気持ちがセンチになり、ロマンティックに傾き、いたるところに誘惑が待ち受けている。のぼせあがり、堕落してゆくケースをよく見るが、それは家のなかに閉じこもり、感情がセンシティブになりすぎているせいである。イギリスの女性はそういうことはない。彼女たちは戸外で活発に活動し、自然と同様に純粋で神聖である。青春時代の過ごし方をよくわきまえている。牧野はいう。

彼女たちが得たものは肉体的にも精神的にも偉大である。女性が肉体的に強いとき、その国は強くなる。女性が精神的に強いとき、その国は高潔になる。女性は国の背骨である。

ゆえに、「たいへんモラルの高い国を見ると、それは女性のせいだとわたしは信じる」。そういう国がイギリスだと牧野はいうのである。

しかし、牧野はイギリスの女性に苦言を呈することも忘れない。なぜイギリス女性はフランス女性のファッションをまねようとするのか。これはやめてほしいと思う。フランス女性は何が自分に似合うかをよく知っている。彼女たちの服装の趣味はたしかに洗練されてすばらしい。しかし、イギリスの女性がまねてもまったく似合わない。なぜなら、フランスの女性は背が高く、鳩のように胸が出、ヒップがうしろにはみ出している。

ロンドンの霧のなかで

彼女たちは女性的（フェミニン）であり、感情も女性的である。それに対してイギリスの女性は、ギリシャの女神のように首が長く、肩がはっている。感情はフランス女性のように女性的ではない。文学、科学、芸術、ひいては政治問題にも関心をもち、純真で神聖である。そういう女性は、自己の威厳を誇示するような奥ゆかしい服を着用すべきである。女性的な服装は似合わない。それは卑俗に見せるだけである。卑俗はイギリス女性とは無縁なのだから…。

それならば、牧野義雄が理想とするようなイギリス女性の服装とはどのようなものか。それを知るには、牧野が描く絵を見るのが一番よい。さきの「チェルシー・エンバンクメント」同様、多くの絵のなかから一枚だけ選ぶのは難しいが、あえて選ぶとすれば上掲の絵になろう（右図）。これは『わが理想の英国女性たち』の口絵に使われた絵だが、なるほどここに描かれた女性はたしかにフランス女性のように胸もお尻も（これは見えないが）出ていないようである。帽子が多少大き目だが、これは当時の流行だから仕方がないとして、旅装は派手でも地味でもない。しっくりと落ち着いている。いかにも「純真で神聖」なイギリス女性といった感じである。

牧野はイギリスの女性を霧のなかにおいて見るのをとくに好んだ。かれは書いている。

霧の日にイギリス女性を見ることほどロマンティックなものはない。…ジョン・ブレシスは霧を通して見るのが一番魅力的である。霧は彼女たちの顔色をすばらしい色にする。（『わが理想の英国女性たち』）

この絵の背景も霧にかすんでぼんやりとしか見えない。女性は背景の濃い霧のなかからいましがた抜け出たばかりである。牧野の愛する霧と女性。両者を見事に結びつけた絵だといってよい。題して「ロンドンの霧のなかで」という。

3

これまで、牧野義雄の足跡を一九一五年頃までたどり、その絵と著述について述べてきた。牧野の一生は昭和三一年（一九五六）に終わっているから、まだ四〇年の人生が残っている。その四〇年間に牧野がした仕事はなにか。以下、それについて述べていくが、正直いってわたしは少なからぬとまどいを感じている。なぜなら、その間の牧野についてわかっていること、そして語ることはあまりにも少ないからである。

絵の面でも文筆の面でも、あれほどロンドンでもてはやされた牧野は、一九一五年を境に急速に画壇からも文壇からも遠ざかってゆく。それ以後の仕事はまさに数えるほどしかないのである。一九一七年六月に出版された画集『ロンドン』は、一〇年前の『カラー・オブ・ロンドン』の抜粋焼き直し版であり、新しいものは一枚も入っていない。過去の栄光を回想し懐かしむような出版物であり、本の作りもカラー三部作にくらべてかなり見劣りがする。著述の面では、一九一八年七月号の『イングリッシュ・レヴュー』に発表した「チョーサーと中国の頌詩」一編をとどめるだけである。これがイギリスのジャーナリズムに登場した最後の作品だといってよい。

もっとも、これはいまわかっている資料だけをもとにした記述であるから、必ずしも正確とはいえない。各種雑誌——これは比較的簡単につきとめられる——のほかに新聞寄稿の可能性も考えに入れなければならない。しかし、新聞の寄稿文をさがすのは至難のわざである。各新聞の年代別内容索引のようなものがあればよいが、そういう便利なものはない。いずれできるであろうが、それまで待っているわけにはいかない。そこで、イギリスであればまずロンドン郊外コリンデールの「新聞図書館」(大英図書館の分館)へ赴くことになる。そこで実際の新聞、もしくはマイクロフィルムを見て牧野の文章をさがすのである。これは一枚一枚新聞をめくって検索するという気の遠くなるような仕事を意味する。しかるべき新聞のいつ頃寄稿したという当てでもあればよいが、それがなければ、ただひたすらやみくもにさがすだけである。しかも新聞の種類は一紙や二紙ではないのである。

牧野義雄の業績を知るためにやるべき仕事はたくさんある。しかし、とわたしはいいたい。新聞に書いた原稿がいくら出てきても、それはあくまでも文筆家牧野の仕事であって、画家牧野の仕事ではない。依然として、画家牧野はどこへいってしまったのかという疑問は残るのである。カラー・シリーズ三部作(その他数編)を残しただけで画家の仕事は終えてしまったというのだろうか。
——疑問である。
一説によれば、一九一四年から始まる第一次世界大戦の影響で絵が売れなくなった、つまり画家の仕事がなくなったという。たしかにそういうことはあったかもしれない。しかし、これとて納得のいく説明にはならない。ほかの画家たちの仕事ぶりを見れば自明のことであろう。

ただ、社会的存在としての牧野は、それ以後も時々姿をあらわす。たとえばつぎがそれである。（以下、年譜的なじじつは恒松郁生氏に負うところが多い）。

一九一五年　テュス・ロス博士からロンドン大学東洋学部で教えるよう依頼される。エディンバラで講演（道徳実行論）。
一九一九年　第一次世界大戦後、パレスティナ総督ハーバード・サミュエルからパレスティナ旅行の招待を受ける。
一九二一年　渡英中の皇太子（昭和天皇）にロンドン在住の日本人代表として謁見。

ロンドンの日本文学研究の女性グループ「桜会」の名誉会長になる。

オックスフォード、モードリン・カレッジで東西比較哲学・絵画論を講演。パーシー・ロイドと共にオーストリア旅行。帰途パリに立ち寄り、ルクセンブルグ美術館館長と会す。

一九二二年

この七年間の文筆の仕事については何もない。ただ、絵についていえば、皇太子来英のとき、バッキンガム宮殿を描いた絵を献呈したとか、ルクセンブルグ美術館長に会ったとき絵を所望され、帰英後ポンペイの風景画を送ったというような話は残っている。これらの絵が義雄本来の水彩画だったのか。それとも油絵だったのかは不明である。

はっきりしていることは、牧野が第一次世界大戦を契機に、英文学、哲学、ギリシャ語、ラテン語の独習に力を入れ始めたことである。これは相当長くつづいたらしく、一〇年後の一九二一年二月にスレイデン宛の手紙で「ギリシャ劇とラテン古典すべての独学が終わるには、あと三カ月あれば足りる」と書いている。このうち英文学研究の成果はさきの「チョーサーと中国の頌詩」(一九一八年七月)に結実したといってよい。

しかし、肝心の絵の方の注文はまるでなかったというのが真実であろう。早くも牧野の時代は終わったのだろうか。それかあらぬか、牧野はイギリスでの活動を断念し、アメリカ行きを企てる。

一九二三年の四月、「わが理想の英国女性」ならぬフランス人女性と結婚した牧野は、一〇月、パリ経由でニューヨークへと旅立つ。じつをいって、牧野の名はアメリカではすでに知られていたのである。というのは、カラー・シリーズ三部作をはじめとする牧野の著述は（出版社こそ違え）すべてアメリカで同時出版されていたからである。ついでながら『わが理想の英国女性』、すなわちMy Idealed John Bullesses がアメリカで出版されたとき、タイトルが変えられてMiss John Bull（右図の左）となっていた。おそらく著者に相談なく出版社が勝手に変えたものと思われるが、原題と同様これまたしゃれたタイトルであることに変わりはない。

アメリカ版　イギリス版

ところで、牧野はアメリカでどんな仕事をしたのか。じつはこれもよくわかっていない。わかっていることといえば、一九二五年に『フォーラム』誌にエッセイ「東洋と西洋の邂逅はあり得るか」を寄稿したことくらいである。アメリカに渡れば運が向いてくると思ったのだろうが、ことほどさようにうまくはいかなかった。牧野の著述とて、一〇年も昔の出版であればいまでは色あせて見えるだろう。牧野はアメリカでも絵は描いたにちがいない。しかし、アメリカで牧野の絵がただちに受け入れられたとはかぎらない。むしろ、その逆であったとも考えられる。ニューヨークでも、一年後に移り住むボストンでも、霧の画家が描く対象（霧）は存在したにちがいない。しかし、アメリカ人が牧野の霧の絵をロンドンのそれのように歓迎したであろうか。わたしにはわからない。

ともかくも、アメリカでは思惑通りにいかなかった。尾羽うち枯らしてといえば大げさだが、牧野は渡航費を辛うじて工面して、一九二七年三月、懐かしのロンドンへ帰ってきた。のちに協議離婚する妻をアメリカに残して。しかし、いうまでもなく凱旋帰国ではない。四年間の空白はロンドンで復帰するには長すぎた。すでに忘れられようとしていた画家が、四年間も現場を離れることじたい致命的なことである。かつてスピールマンから聞いたつぎのような忠告を思い出し、身につまされる思いをしたにちがいない。

英国出版界には「しばらく著述を休んでいる者の本は出版しない」という風習がある。チャールズ・ディケンズでさえかれの全盛期にこう語っている。「今日、英国はもちろん全欧州および米国でわたしの名前を知らない者はいないが、もしわたしが四年休んだら、わたしの著述をふたたび発行する出版社はあるまい」と。君が著述をつづけないとふたたび世に出る機会を失ってしまう。

著述も絵も同じである。牧野はスピールマンのいう通りになってしまった。これ以後、牧野の意図とは別に、著述がイギリスで出版されることはなかった。絵の方も同様である。牧野は昔の牧野に戻り、ふたたび清貧の生活に甘んじるようになった。前述のギリシャ、ラテン語、英文学の勉強にはげむことが救いであった。

しかし、牧野は友人知人にめぐまれていた。牧野が窮乏していることを知ると、ボールドウィン首相夫人やH・G・ウェルズなど著名人が発起人となって、一九二八年四月、牧野の個展がロンドンで開かれた。これまで売れるあてもなく描きためてきた絵を売るためである。六年後の一九三四年の一〇月には日本の東京銀座資生堂画廊でも個展が開かれた。発起人は外務次官・重光葵、野口米次郎、森村市左衛門、和田英作であった。

三六点が出品され、総売上額一万三〇〇〇円を得たという。これまた牧野への資金援助のためであった。これによって日本でも牧野の名が多少なりとも知られるようになったためか、昭和一〇年（一九三五年）に日本で初めての著述『滞英四十年今昔物語』が刊行された。翌一九三六年には東京日本橋三越で「在英作品展覧会」が催され、四五点を出展した。出品の絵はすべてイギリスから送られたものである。さらにその翌年には『東京朝日新聞』に「滞英四十年今昔物語」が連載され、これを合わせてさきの同名の本の増補改訂版が同年刊行された。

一九四一年一二月八日。日本がアメリカとイギリスに宣戦を布告すると、翌一九四二年七月一八日、「数時間のうちにイギリスを発て」という通告を受け、牧野は日本に強制送還されることになった。横浜に着いたのは九月二七日、じつに四九年ぶりの帰国であった。

帰国後は、重光葵邸に寄寓し、一〇月には『英国人の今昔』を出版する。一九四九年頃からはアメリカから画材を購入し絵を再開するが、水彩画ではなく、本格的な油絵であった。それらの絵をあつめて昭和二七年（一九五二年）と昭和二九年（一九五四年）

に個展を開き、後者は二日間で売り切れ、チャーチル首相から祝賀の手紙がとどいたという。しかし、ここまでである。ときの経過とともに牧野の名は忘れられ、いつしか過去の画家となっていく。昭和三〇年（一九五五年）一一月に北鎌倉の安アパートで発見されたとき、牧野は餓死寸前の状態であった。高見順はそれを知り、「老後は安らかにしてあげたい。社会はその義務があるはずだ」と『朝日新聞』に書いた。安らかであったかどうかは知らないが、牧野が息を引き取ったのは、昭和三一年（一九五六年）一〇月一八日のことである。享年八六。波瀾の生涯であった。

ロンドン博物館と画家・牧野義雄

ロンドンの地下鉄の東西線に乗り、セントポール駅で降り地上に出ると正面にロンドン博物館（ミュージアム・オブ・ロンドン）の建物が見える。一九七六年創設の比較的新しいこの博物館には有史以前から現代にいたる長いロンドンの歴史が一目でわかるような多彩な展示物が並べられている。わが国の江戸東京博物館に相当するものだろうか。

二〇世紀のコーナーに進んでまず気づくのは、女性選挙権運動に関する展示物の多さである。世紀初頭に始まるこの運動は、ある時期相当ラディカルな行動に走り、最も過激だったのは、ダービーの当日国王所有の競走馬の前に身を投じ死をもって抗議した女性がいたことである。運動を先導したのはクリスタベル・パンクハースト（一八八〇〜一九五八年）。マンチェスターで始まった運動はすぐにロンドンに本拠を移し、またたく間にイギリス全土に広がっていった。やがて一九一四年、第一次世界大戦の始まりと同時に、戦時体制下、女性も武器の製造に従事し、男性に代わる仕事に従事すべきだと考え運動を休止した。このとき女性の潜在能力に気づいた男たちはようやく一八年に女性の選挙権を認めた。——博物館はこうした一連のできごとを写真や解説つきで詳しく説明している。

わたしがここで女性選挙権運動に触れたのは、運動が最もはげしさを加えた一九一二年頃、ひとりの日本人がこれに参加していたからである。かれはパンクハーストに会い、選挙権獲得運動に格別の関心を寄せていた。この日本人こそ当時ロンドンで「霧の画家」として活躍していた、愛知県挙母村（現豊田市）出身の牧野義雄（一八六九〜一九五六年）である。牧野は『カラー・オブ・ロンドン』（一九〇七年）、『カラー・オブ・パリ』（〇八年）、『カラー・オブ・ローマ』（〇九年）の三部作を矢継ぎ早に出版し、それらに寄せた合計二〇〇枚近い水彩画で一躍評判

女性選挙権運動と牧野義雄（後列左から２人目）
ロンドン博物館所蔵

になり、つづく『日本人画工倫敦日記』(一〇年)をはじめとする自伝的な作品でも同様の評価を得ていた。その牧野が運動に参加し、自ら文章にも書いているほどだから、運動とかかわった証拠が必ずあるはずである。それがロンドン博物館にあったのである。前ページの写真には女性たちと一緒の牧野が見える。

さて、ここでもう一度ロンドン博物館に話を戻そう。女性選挙権運動を見たあと両大戦間の時代に移ると、まず目に飛び込んでくるのが三枚の絵である。それらを前にしてわたしは内心「あっ」と驚いた。三枚とも牧野義雄の絵だったからである。驚いたのはそれだけではない。すぐ隣にはイギリスを代表する画家クリストファー・ネヴィンソン(一八八九~一九四六年)の油絵が二枚展示されている。一枚はかれの代表作「世界の中心」である。

わたしはこれまで牧野がイギリスの本や雑誌で扱われていないかずっとさがしてきた。牧野が活躍した一九一〇年代初期には各種のジャーナリズムがこぞって取り上げ、画壇、文壇、社交界の寵児的存在だったが、二〇年頃を境に急速に名前が消え、今日にいたっている。このような現状を不満に思っていたわたしは博物館にある三枚の絵を見て心が躍った。しかもネヴィンソンと隣接するのは牧野が同等の評価を得ている証である。かくして、ロンドン博物館は牧野義雄のロンドンでの行動と評価を思わぬかたちで明らかにしてくれた。

第5章　本とその周辺

『作家への道――イギリスの小説出版』について

ブック・ワールド（本の世界）ということばがある。わが国ではそれにどの程度の広がりをもたせて使うかは、ひとによって違うだろうが、少なくともイギリスでは、本にかかわるすべての領域をカバーすることばとして使われる。まず本を書く作者がいる。作者の向こう側には本を読む読者がいる。本が作者から読者にいたる過程にはさまざまなコミュニケーション・メディアが介在する。まず本を出版する出版社がいる。出版に価する本を選定するのは編集者やパブリッシャーズ・リーダー（閲読者）である。出版された本を直接読者に手渡すのは書店であり公共図書館（古い時代には貸本屋）である。書評や広告も本の存在を知る有力な手がかりを提供するものとして無視できないだろう。――作者と読者を両端においた本の流れに関与するすべての領域が「本の世界」のなかに組みいれられるのである。これら本の世界のおのおのの部分が相互の関連性のなかで密接な影響関係にあることはいうまでもないが、えてして見すごされやすいのが作者や読者である。本を書く作者とそれを読む読者という本の世界の最も基本的な部分が忘れられるかぎり、いかに出版社や書店や公共図書館が熱っぽく話題にされようとも、それはまるで運転手や乗客のいない電車やバスと同様である。

読者についていえば、はたしてかれらは出版された本の情報、つまり本の存在を知る機会にめぐまれているだろうか。これだけ多量の本が出版されている現状のなかで、それぞれの読者の好みや必要性に訴える本は必ずあるにちがいない。本はその最もふさわしい読者の手元に行きついていないのではないか。——多量のなかの飢餓状態、それが読者のおかれている現実であるとすれば、なんらかの方策を考える必要があるだろう。出版社の流す情報は読者や書店や図書館に行き渡っているだろうか。書店や図書館は、読者の立場にたって本を選択し、書店員や図書館員の提供するサービスは読者の意にそうものであろうか。——こういった条件をあら

『作家への道』

ためて考え直してみる必要にせまられるだろう。

一方作者についてはどうか。作者については多くのことが話題にされ論じられているかに見える。しかしはたしてそうであろうか。作者をその作品との関係でとらえようとするいわゆる作家研究はたしかに多いが、作者を書籍業界や読者など本の世界のなかで、いわば生態的にとらえようとするものは意外に少ないのである。作品がどのようにして出版の回路に組みこまれ、どのような経路をへて読者に行きつくのか、そしてそれが作者にどのようにはね返ってくるのか——それは、作者にとって本の世界とはなんであるかという問題にほかならない。

それを考えてみるためには、作者の側にたった本の世界の見なおしが必要となってくる。結論をさきにいえば、この『作家への道』のなかで検討しようとしたことがらの多くはこの点にかかわっている。「あとがき」のなかにつぎのような文章を筆者は書いた。——「公共貸出権といい、パブリッシャーズ・リーダーといい、貸本屋といい、読者といい、これらはいずれも作家の背後にあって、作家を職業として成立させる重要な要因をなすものである。どうやら筆者の関心は〈作家をささえるもの〉にあるらしい」。〈作家をささえるもの〉には、出版社や書店や公共図書館がふくまれることはいうまでもないが、書評や文学賞といったようなものも考慮に入れておかねばならない。

作者と本の世界とのかかわりは、まずパブリッシャーズ・リーダー（または編集者）から始まる。リーダーの同意なくして本は受理されないだろうし、受理されたのちでも多くの場面でその影響力はまぬがれがたい。リーダーのなかには、たとえばエドワード・ガーネットのように、コンラッドやロレンスやゴールズワージーのような才能を作家的出発の初期の段階で見抜き世に送り出したという名誉を担う名リーダーもいる。そして本が出版されると、書評は作者を一喜一憂させるだろうし、そこに書かれたことが作者に深く影響をあたえるということもありえよう。その点では文学賞も同様である。こうして二作、三作と世に送り、なんらかの評価を受けながら、やがて作家としての自覚に目覚めていくことになるのだろうが、文学的な成功が必ずしも作者の物質的成功につながらないところにイギリスの特殊事情がある。

イギリスでは古い時代から本がたいへん高価であった。たとえば一八世紀、フィールディングの『トム・ジョーンズ』一冊を買うためには、労働者の一週間分の賃金を全部はたかねばならなかったし、現代でも小説は一冊五ポンド、約二五〇〇円以上はする。イギリス人が本を買わない国民だといわれ、自らそれを認めてもいるのはこのことと無関係ではないし、一八世紀以来貸本屋がさかえたのもそれが主たる原因であった。貸本屋は今世紀公共図書館にその役割をゆずることになるが、その最盛期、出版される本のほとんどを一手に買いいれ、出版社の保証された市場となるほどに影響力が大きかった。その影響力は当然のことながら、出版社に対する規制力となってはね返り、出版する本の形態や内容を左右するにいたった。すなわち、貸本屋にふさわしい本の長さは、字数にして七万から八万語でなければならないし、貸本屋の読者が中流階級を中心とした女性読者、しかも比較的若い女性が圧倒的に多かったことを考えれば、本（主として小説）の内容もそれにふさわしいものでなければならない。こうした貸本屋の規制力がただちに本を書く作者にまでおよぶことはいうまでもなかろう。今世紀の公共図書館が貸本屋と同じような影響力をもっているかどうかは、わからないとしても、出版社が公共図書館を頼みの綱としている状況にかわりはない。そうなれば自然、図書館とその読者を念頭においた出版というものが考えられるだろうし、ひとによれば、イギリス小説の保守性の主たる原因は公共図書館にあり、という極論にもなってくる。

公共図書館に買われる本をあてにするといっても、しかし、せいぜい二〇〇〇部がいいとこである。初版の小説が二、三千というイギリスにあって、たとえそれが全部売れたとしても、作者にもたらす収入はなにほどかでしかない。少数のベストセラー作家はいざしらず、大多数の作家は作家業では生計をたてていけないのである。かといって、やたらアルバイトに明けくれていたのでは、すぐれた才能もいずれ摩滅してしまうだろう。そこで、さきにあげた公共貸出権（一九七九年議会で承認）が大きくクローズ・アップされてくるし、加えてアーツ・カウンシルの直接的援助というものも注目されることになる。これらはいずれも、国による作家救済の道であり、イギリスの特殊事情をきわだたせているものである。

作家救済の道は、しかし、作者がそこに住む本の世界のなかに求めて求められないものでもなかろう。出版社、書店、公共図書館、そして読者と、それぞれがそれぞれの個所で作家救済の道を模索していく必要性にせまられている。

——この本ではだいたい以上のようなことを扱っている。さきの引用のあとに、筆者は「作品がまずあるのではなく、作品を書く作家がそれ以前に存在しなければならない。作家を社会的に存在させるためには何が必要か、そういった問題提起から本書に収められた文章は書かれたと考えてよい」と書いた。

今後の課題は、この本でやり残したこと、たとえば職業としての作家を歴史的なパースペクティブでとらえること、その過程で作者とパトロンの問題、作者と出版者・読者の問題をさらに深く検討してみること、貸本屋の通史を書きながら、貸本屋読者層のなりたちとその影響関係を明らかにすることなどである。そして、いつのことになるかはわからないが、最終的にはイギリス出版文化史を書くことが筆者の夢である。

『ジャック・アンド・ベティ』の世界

これを読書といっていいかどうか疑問があるが、わたしのその後の生き方を決定したような本との出会いということになると、やはり中学に入ったとき出会った英語のテキストをあげないわけにはいかない。開隆堂という出版社から出ていた『ジャック・アンド・ベティ』というのがそれである。

当時わたしは岡山県の田舎に住んでいた。食糧難でひもじい日々を送りながらも、およそ外界とは無縁の自己充足的な世界のなかでそれなりに素朴な生活をエンジョイしていた。あれはたしか小学校の六年生のときだったと思う。ある朝教室へゆくと誰がそうしたのか大きく黒板に書かれた横文字が目に飛び込んできた。見慣れぬ字ながら意味ありげなその落書きを見てクラスのみんなは騒然となった。そこへあらわれた担任の先生は一瞬とまどいの表情を見せながらも、好奇の目を輝かせる生徒を前にそのまま消してしまうわけにはゆかず、なにごとかを決心したような面もちでその意味を説明してくれた。「アイ・ラブ・ユー」。この英語の意味は当時社会科の教科書に「結婚」ということばが出てきても顔を赤らめうつむいて小学生にとってはかなりのショックであった。しかし、とにもかくにもこれがわたしの接した最初の英語であった。

『ジャック・アンド・ベティ』第２巻

翌年中学校へ入ったわたしは、印刷インクのにおいが消えやらぬ英語テキスト『ジャック・アンド・ベティ』を手にし、たちまちその世界に引き込まれてしまった。自分のいまいる日本の片田舎とはまるで違う世界がそこにはあり、遠い異国の香りがどのページからも強烈にたちのぼっていた。いまから思うとそこに描かれた多くの挿絵がまずわたしの想像力をかきたてたのにちがいない。ジャックとベティが登場するそれら挿絵のいくつかをいまでも鮮やかに思い出すことができる。その新鮮で強烈な印象は、やがて「アイ・アム・ア・ボーイ」や「ディス・イズ・ア・ペン」に始まる英語の活字世界に引き継がれていった。当時のわたしにとって英語の活字世界に接することはとりもなおさず遠い異文化を直接肌に感じとることであった。月並にいえば、英語の学習が楽しくてたまらなかったのである。

学校のテキストだけでは満足できず、NHKラジオの初級英語講座を朝早く起きて聞き始めたのもその頃で、講師の小川芳男氏の口調をまねて発音の練習をし、教室のテキストにない文型に出くわすとひそかな喜びを感じた。しかし、発音についていえば、学校の教師は、いまほどその指導に熱心ではなかったし、カセットテープも出回ってはいなかった（いわんやテープレコーダーそのものも出ていなかった）ので、わたしの発音はいまもって半ば自己流でおぼつかない。ともあれ、そうした英語にたいする興味が、その後大学へ進学するにあたって迷うことなく英文学を選ばせ、その行きつく先が現在の職業ということになるのだが、はたしてあの頃『ジャック・アンド・ベティ』に感じた新鮮な驚きと感動がいまもってわたしのなかに持続しているかどうかとなると多分に心もとない。それにしても、横文字の氾濫する社会に生きるいまの中学生にあのような感動を体験させることはもはや不可能ではないかといささかさみしい気もする。

本の献辞の誕生

ヨーロッパのひとびとが自分の本をひとに献呈するという習慣は、ギリシャ・ローマ時代からあった。その習慣は現在も広くおこなわれており、タイトル・ページの一葉あとのページに「誰それに」とか「誰それのために」という短い献辞（デディケーション）を印刷するのがふつうである。その「誰それ」は多くの場合、配偶者や恩師や友人など著者が日頃お世話になったひとたちであり、かれらにたいする親愛と感謝のしるしにこのような献辞をしたためるのである。

ところが、本の献呈の歴史をふり返ってみると、必ずしもそうとばかりはいえないことがわかる。イギリスを例にとってみると、写本時代の本の献呈はほとんどの場合、金銭的な報酬への期待がその背景にあった。献辞を呈する相手は王や貴族や高位の聖職者であり、のちには金持ちの商人がこれに加わる。作品の多くはこうした「パトロン」の依頼によって書かれ、ときには作者が書いた作品を王や貴族に献呈してパトロン的援助を求めることもあった。この場合、作者がパトロンを必要としたのは、報酬への期待はもちろんのこと、当時こうした援助なしには作品が出版（書写）され得なかったことも関係する。

カクストンによる印刷術導入（一四七七年）以後も一世紀ほどのあいだは、こうした作者とパトロンのいわば友好的相互依存的な関係に大きな変化は認められなかった。しかし、一六世紀の後半になると、作者の数がパトロンの数を大幅に上回り、書籍業者からくるわずかな収入だけで生活できない作者たちが、大げさなお世辞追従美辞麗句を並べた（ときとして長ったらしい）献辞をたずさえて、パトロンをさがし求めるという卑屈な光景が見られるようになる。いわゆる「三文文士」、貧乏作家の誕生である。

しかし、この時代、一方では、批評家たちの手きびしい批評をかわす恰好の手段として名高い貴族の「虎の威」を借りたり、また過去に受けた恩顧にたいする感謝の気持ちを真摯に吐露する献辞も数多く書かれるようになった。――この後者の例が今日の献辞に受けつがれている献辞の精神だと考えることができる。

貸本屋の時代

わたしは小学校から高等学校までの一二年間を岡山県の田舎で過ごした。山陽線沿いの小さな農村で、それでも小学校と中学校はあり、鉄道の駅もあった。その駅から通勤するひとはたいてい汽車で二六分ほどの岡山市まで行く。父もその通勤人のひとりであった。

わたしはといえば、小学校から中学校一年生までをこの村の学校で過ごし、その後は当時よくはやった寄留というかたちで、岡山市にある中学校へ転入学した。さらに同じ市にある高等学校へと進み、昭和三二年三月にそこを終えるまで約五年間、毎朝七時に起きて汽車通学をした。

貸本屋の思い出は、小学校の頃から始まる。駅前の商店街——といっても、八百屋やお菓子屋や散髪屋の並ぶ狭くてごくありふれた町並であったが——のなかに一軒の貸本屋があった。もとは雑誌や文房具を売る店だったのが、あるときから貸本をおくようになったのである。

この店の女主人はお琴の師匠をやっていて、夕方から夜にかけてはあまり多いとは思われないお弟子さんの稽古を見ていた。奥の部屋から琴の音が聴こえてくる風情のある店だった。そのお弟子のひとりにこの村で一番大きな呉服屋の娘がいた。わたしの同級生で、背は低いがいかにも愛くるしい顔立ちの女の子であった。その後何十年かたって聞いた話によると、彼女はまともな結婚をすることなく、二号になっているという話であった。そういえば、学校では目立たぬおとなしい子供だった。

さて、貸本屋に話を戻すと、わたしはものめずらしさも手伝って、小遣いがたまるとその店へ出かけていった。このような小さな村では、貸本屋といえども、都会の文化を嗅ぐことのできる数少ない窓口であった。——といっても、特別変わった本を置いていたわけではない。多くは小説だったと思うが、わたしの関心はもっぱら漫画の方にあった。しかし、漫画はいついってもその数は少なく、結局何も借りないで帰ってくることの方が多かった。

昭和二〇年代半ばといえば、いわゆる「貸本漫画」の全盛時代である。したがって、もっと多くの漫画があってしかるべきだったのに、そこはやはり田舎の貸本屋だったのだろう。たまに新しい漫画が入っていても、わたしのところへはなかなか回って来なかった。たしか一泊二日で五円だったと思う。

そのようにして借り出した漫画であったが、誰のどんな漫画だったかはほとんどを覚えていない。そのなかでも、いまだに忘れないのはやはり手塚治虫の漫画である。その頃すでに『新宝島』で評判になった手塚治虫が『メトロポリス』や『有尾人』をつぎつぎと出していた頃で入るとすぐに借りてきた。夕食後兄弟が順ぐりに読み始めると、最後に残った者は夜中の一二時過ぎになり、翌朝は眠い眼をこすりながら学校へ出かけた。

高校時代になると貸本屋に通った記憶はない。受験勉強に忙しくて漫画や軽い娯楽読み物を避けたいという気持ちが強かったのだろう。そういった無味乾燥な時代が終わって大学に入るとわたしはふたたび貸本屋通いを始めた。大学のある仙台の街には下宿の近くの電車通りに貸本屋が一軒あって、雑誌や小説類を相当数揃えていた。

昭和の三二、三年頃のことで、当時の貸本屋の人気作家は山手樹一郎、海音寺潮五郎、吉川英治などの大衆作家であったが、その貸本屋には川端康成や三島由紀夫をはじめとする純文学系統の作家もそれなりに揃えていた。わたしはそこに一年ほど通い、その後市内の下宿を転々としたのではっきり覚えていないが、その貸本屋は卒業の年にはもうなくなっていたのではないかと思う。その頃街のあちこちにあった貸本屋は徐々に姿を消し始めていた。

かくして、わたしは昭和二〇年代から三〇年代にかけて栄えた貸本屋を身をもって経験したひとりだが、わたしと同じ世代のひとで同様の経験をしたひとは多いのではないだろうか。そしてかれらは懐かしさをこめていうであろう。あれらの貸本屋はいったいどこに行ってしまったのだろうかと。

古書カタログについて

わたしの場合は主として英米のということになるが、海外から送られて来る古書カタログを見ていて、いつも「日本のものと違うなあ」と思うのは、本の保存状態についての但し書きである。最近送られてきたカタログから一例をあげればつぎのようになる。

Marston (E.) After Work. Fragments from the Workshop of Old Publisher. Cloth, back faded & very slightly rubbed, t.e.g. 25 plates (frontis. slightly spotted). pp.16+344. 1904 £25

著者名、書名のあとに書かれていることを翻訳してみると、「布装、表紙日焼け、やや磨損、他は良好。図版二五葉（口絵に少々シミあり）。序文一六ページ、本文三四四ページ。一九〇四年刊、二五ポンド」ということになる。ここには本の判型や発行場所の記載がないが、カタログの一番最初のページに「とくに記入なき場合は、発行場所はロンドン、判型は八折本」と書かれている。これで本の物理的条件はほとんど網羅されたといってよい。その他カタログによっては、内容の簡略な紹介のあるものもあって、これはじつに有益である。正直いって、わたしなどはこれさえあれば、本の傷み具合その他は大した問題ではないと思うのだが……。

などと書くと反論も出そうだが、ともかくカタログの記載に関するかぎり、その出来ばえは見事である。書誌学という学問が早くから発達した欧米諸国のことであるから、当然といえば当然のことかもしれないが、それを古本屋のカタログにまで徹底させたところはやはりかれららしい。それで思い出すのは、若いころ古本屋で働いたことのある小説家が、のちにその経験を自伝のなかで書いている文章である。それが誰の自伝であったかいま思い出せないのが残念だが、かれがまず与えられた仕事は古書カタログの作成であり、その記述方法を一から一〇まで徹底的に教えこまれたという。

要するに、カタログ作成は古本屋の最も基本的な仕事なのである。それにはちゃんとしたマニュアルがあり、誇張するならば、それに従わないようなカタログはカタログとはいえないのである。（しかし、なかには記載事項の不備なカタログもあって、不思議なことにそういうカタログにはたいていほしい本はない）。――カタログ記載についてのそうした厳しい姿勢は、当然のことながら、記載事実に対する責任感となってあらわれる。買ったひとが本を見て、記載されていたことと多少なりとも違っていれば、なんらかの補償を要求できるし、もちろん返本も可である。

読者と古本屋との間に生まれる信頼関係の基本にあるのは、古本屋のこうした姿勢であろう。わたしたちはその美しい実例をヘレーン・ハンフの『チャリング・クロス街八四番地』のなかに垣間見ることができる。しかし、これをして過去の懐かしき時代の夢物語というなかれ。いまもなお、心の通った、心温まるカタログを送りつづけ、多くの顧客から信頼され愛されつづけている古本屋がないわけではない。

話がカタログ記載の但し書きから大分それてしまったが、本の保存状態を示すのに五段階方式（Mint, Fine, Very Good, Good, Poor）というものがある。日本流に言い換えるとどういうことになるのか、それは専門家にまかせることにして、興味深いのは、古本屋と顧客の間に、これらの但し書きについてのコンセンサスがあることである。'Good'と書かれていれば、それがどのような意味合いで使われているのか、顧客にはよくわかっているのである。これができるのも、古本屋と古書カタログの長い歴史と、それを背景でささえる書物文化のながい歴史があるせいだろう。

ある書評雑誌のこと

一時休刊を惜しまれたイギリスの書評雑誌『ブックス・アンド・ブックメン』が、版元を変えて発行されているということをどこかで知って、もう一度定期購読したいと思っていたが、その住所がわからずそのままになっていた。ところが昨年の夏、わたしの妻が高校生になる上の娘を連れてイギリス旅行をするというので、これはいいチャンスとばかりこの雑誌の最新号を買ってくるようにと頼んでおいた。(ちなみに、わたしは保育園へ通う下の娘と一夏留守番をしていたのだが。)

さて、帰国した妻のいうには、イギリスにはそういう雑誌はなかったとのこと。ロンドンに着くとすぐに「世界最大の書店」と自ら称するチャリング・クロス街のフォイルズ書店に行ってみたが、店頭にはなく、店員に聞いてみると首をひねりながらも、一応はなにかの目録を調べてくれたが、結局は「ない」という返事。しかし、その店員は親切にも、雑誌のことならフォイルズよりもハッチャード書店の方が詳しいからそちらに行ってみたらどうかといってくれたという。ハッチャードといえば、フォイルズに並ぶロンドンの老舗で、店の名前ばかりでなく経営者であるトマス・ジョイ氏の名前もよく知られている。（アンウィンの『出版の真実』と並び称せられる『書籍販売の真実』を書いたのがこのジョイ氏である。業界誌『ブックセラー』がある年、一番多くその写真が誌上に載ったひとを調べてみたら、ジョイ氏であったというエピソードもある。）

そこでわたしの妻は、さっそくハッチャード書店までタクシーを走らせたが、そこにも残念ながらなかった。店員に聞いても「そういう雑誌は見たことがない」という。妻にしてみれば、ロンドンの二大書店にない雑誌はもはやイギリスには存在しないと考えるのが当然で、その後はさがす意欲を失って帰国した。

その経緯を聞いたわたしは信じられない思いであった。そんなはずはない、この雑誌は必ずある——そう確信して、わたしはどこかで見た記憶のある『ブックス・アンド・ブックメン』の広告をさがし始めた。『ブックセラー』誌だろうかと、過去数カ月分をひっくり返したが見当たらず、それならば『オーサー』誌（イギリス著作家協会の機関誌）はどうかと、これまたバックナンバーを取り出して調べて見た。——その結果、案外と簡単に見つけ出すことができたのである。『オーサー』誌の一九八四年秋季号にその小さな広告は載っていた。ということは、妻がイギリスへ行く一年足らず前のことである。その短いあいだに、この雑誌が廃刊になったとか、休刊になったという話は聞いていない。そういうニュースはたいてい『ブックセラー』誌に載るのである。

わたしは、その広告にある住所に手紙を書いてみた。折り返し定期購読の申し込み用紙が送られて来て、この雑誌が存在することは証明された。しかし、現物を見るまではまだ納得がいかず、わたしは年間講読料二一ポンドを送って、雑誌の到着を待った。

やがてとどいた『ブックス・アンド・ブックメン』は、ページ数が昔の半分くらいで、ずいぶんとスマートにはなっていたが、内容の点では『タイムズ文芸付録』と肩を並べた昔と変わらない。わたしは、十数年前、イギリスで初めてこの雑誌を手にしたときのことを思い出していた。そういえば、あのときもずいぶんとさがしたあげく手に入れ、以後は郵送してもらったような気がする。ともかくも『ブックス・アンド・ブックメン』は健在だった。

さて、妻は目指す雑誌を見つけることはできなかったが、その代わりに興味深い一冊の雑誌を持ち帰ってくれた。その名を『ブック・アンド・マガジン・コレクター』という。が、これについては別な機会に書こう。

『ブックス』の登場

先に、書評雑誌『ブックス・アンド・ブックメン』のことを書いたが、この雑誌はその後一九八六年の一二月号と一九八七年の一月号の合併号を出して終刊となった。やはり、書評専門雑誌というのは経営的に苦しいものなのだなと思っていたところに、発行元の出版社からつぎのような手紙が送られてきた。

予約購読者の皆さん。『ブックス・アンド・ブックメン』に関する重要な変化と新たな発展についてご報告申しあげたい。ご存じの通り、この雑誌は現行の形態では決して採算のとれるものではなかった。しかし、いま進行中のプランがうまく行けばこの点についての改善が期待できるだろう。と同時に皆さんにもいろんな点で(とくに掲載する記事の点で)よりよい雑誌をおとどけできるものと思う。もちろん、

『ブックス・アンド・ブックメン』のよいところは残していくつもりである。……

その後、二カ月の空白をおいて送られてきた雑誌（一九八七年四月号）は、誌名が『ブックス』と変わっているが、体裁はA三判で前と変わらず、内容も格別新鮮味が加わったようには思われない。定価は一ポンド二〇と据え置きだが、その分、用紙の質を落としページ数を減らしている。編集者はと見ると、これも前と同じキャロライン・ハートである。このひとがどういうひとなのか、わたしは知らない。強いて変わったところといえば、取り上げる新刊書の数が増え、それにともない一編当たりの書評分量が少なくなったことぐらいであろう。特集記事も前と似たりよったりで、とくに魅力的になったとは思われない。

新装開店がこのようなありさまでは、かれらが考えているような経営面での好転が今後期待できるのかどうか、いささか心もとない。先行の『ブックス・アンド・ブックメン』は通巻三七四号という数字を残して終わったが、単純計算でも三一年間つづいたことになる。このような輝かしい実績に、八月号でようやく第五号を迎える『ブックス』が迫り得るものかどうか。

『ブックス・アンド・ブックメン』の不振は、何年か前の『タイムズ文芸付録』の休刊を契機に始まったといってもよい。『文芸付録』の不在をいいことに、『ロンドン・レヴュー・オブ・ブックス』とか『リテラリー・レヴュー』など書評専門の新聞がつぎつぎに発刊され、それらの新鮮な魅力が既存の『ブックス・アンド・ブックメン』のようなオーソドックスな雑誌を片隅に追いやり、やがて『タイムズ文芸付録』が装いも新たに再登場してくると、ますます存在の影がうすくなっていったのである。

『ブックス・アンド・ブックメン』が月刊雑誌であったことも不利に働いている。年間四万点以上にも達する新刊書を書評するにあたって、たかだか五〇ページほどの月刊誌ではとうていさばききれるものではない。週刊は無理にしてもせめて隔週刊ぐらいでなくてはならぬ。その点でも、新興の書評専門紙におくれをとったのである。新登場の『ブックス』も月刊という点では変わりない。しかし、そればかりではない。前にも書いた通り、この種の雑誌は現物を市中の書店でさがすのに一苦労するのである。

そういうこともあってか、今度の『ブックス』では、大手の書店の一括購入と顧客への無料配布という新しい方法を考え、それによって、雑誌の存在を世に知らしめ、読者層を増やそうという目論見があるらしい。これは個人の定期購読とは別に、わが国の書評専門紙がすでに採用している方法であって、わたしの場合も、行きつけの本屋からそれをサービスとしてもらっている。ともあれ、『ブックス』の多難な前途に幸あれと祈りたい。

集書の喜び

集書家であれば誰しも、古本屋に興味をもたぬ者はいないであろう。とくに均一本のケースを出しているような古本屋にたいしてはそうである。そのような店では、ひと通り本を見渡し、少し拾い読みをし、挿絵や装丁を眺め、物知りの主人と四方山の話をしながら、びた一文お金を使う必要はないのである。こういった古本屋の主人はふつう自分の商売の裏話や蔵書の来歴のことをよく知っていて、本についてのなるほどと思わせるような楽しい話を聞かせてくれる。本当の本好きは本の金銭的な価値については無頓着で、内容とか著者にまつわる逸話や思い出のゆえに本を大切にするのである。

古い本に囲まれると、丁重に扱われてきたそれらの本のなかに、もしや掘り出し物が隠されているのではないかという思いにとらえられる。シェイクスピアの初版本のひとつや、その他エリザベス時代の多くの貴重な戯曲のなかの一、二編でも見つかれば、まことにスリリングな思いにとらわれよう。スコット、ラム、ブレイクの初版本でもよい。「犬には吠え、噛みつくままにさせておこう」という一節をふくむウォッツの「聖なる歌」の初版本でもよい。後者などは最近一五五ポンドで取引された。——一般に集書熱は屋台がけの古本屋から始まるといわれる。

あらゆる人間の弱点のなかで、古書を買い、収集する情熱くらい言い訳が許されるものはない。愛書家は言い訳の初期の段階で、読む本だけを買うのだといい、つぎの段階では、読むつもりの本を買うのだという。本がたまってくると、いずれ読むであろう本を買うのだという。やがて、美しい装丁や芸術的な挿絵の本や古版本を、またときには自分では読めない外国語の本を家に持ち帰るようになる。ひとたび愛し始めればとことん愛するという諺は正しい。愛書家についてはとくにそれがいえる。

老いが始まると、愛書家は(書物という)沈黙の友のなかに慰めと喜びを見出そうとする。その慰めと喜びは歳が進むにつれて増大し、人生にたいする興味を持続させてくれる。ひとは誰でも第一線から退くときがいつかはくる。そのときがきても、厳しかった過去のどの人生よりも幸せで豊かな気分でいられるのである。わたし自身についていえば、これら理想の多くを自ら体験してきたように思う。

古書漁りの喜びとその結末について書かれた本は無数にある。ある者は釣りに始まる種々のスポーツの本を集め、ある者は哲学、歴史、伝記、建築その他の知的な本を集め、またある者は小説や著名作家の初版本を集める。その多くがそのときかぎりの価値しかもたないものであってもである。

他人が集書についてどのようにいおうとも、それを知的におこなうかぎり、これほどひそかな充実感を与えてくれるものはないし、心と体に喜びをもたらしてくれるものもない。

J・A・ラングフォード氏が『書物を讃える』と題する興味深い本のなかでいっている。

賢いひとは自分自身の本を選ぶ。あらゆる本を友人という厳粛な名のもとにひとまとめにしたくないからである。生涯の知己として扱うことのできる本もある。最良の本とは最も貴重な所持品として、いつくしみ愛される本のことである。それ以外はかりそめのおしゃべりの相手であったり、数時間を楽しく過ごす仲間であったり、忘れ去られてはいないがどこかに放置されている本である。

以上が集書のもたらす喜びと利得である。対象が初版本であれ、稀覯本であれ、限定版であれ、それは変わらない。(これはジョーゼフ・シェイラーが書いたエッセイの要約である)

受贈本について

ひとから贈り物をされて、感謝しないひとはいないだろう。直接手渡されれば、その場でお礼のことばを述べるし、遠くから送られたものであれば、手紙やはがきで礼状を書く。品物が食べ物のようなものであれば、家族みんなで賞味したことを一筆つけ加えることもあろう。

たいていの贈り物であればそれでよい。しかし、本の場合それですむであろうか。直接手渡されれば、その場で「ありがとう」とはいうけれど、いずれは読後感を述べねばならないし、相手もそれを期待している。著者から（あるいは出版社を通して）送られて来た場合でも、通り一遍の礼状ですますわけにはいかないのである。――と、少なくともわたしはそう考えている。

ところが、そう考えていないひとも多いのである。わたしの数少ない経験からいっても、丁寧に本を読んで感想や批評を書き送ってくれるひとはまれにしかいない。たいていは本を受け取ったことに対するお礼のことば一式で終わりである。それだけのことであれば、手紙の必要はなく、はがき一枚で十分間に合うのである。なかには、ご丁寧にもといいたくなるのだが——絵はがきを使うひともいる。しかし、これはどうであろう。ほかの場合はともかく、少なくとも本をもらったときは避けるべきではないだろうか。なにしろ、絵はがきでは書くスペースがあまりにも少なすぎる。書く手間を省こうとしたことは見え透いている。この方が値段は高いし、目の保養にもなるのだといわれても、ただちに納得するわけにはいかないだろう。

ふつうのはがきなら別段かまわない。あれだけのスペースがあれば、よほど大きな字で書かないかぎり、かなりの文字が書けるし、足りなければおもての半分を使うこともできる。このところ普及のめざましいワープロを使えば、一〇ポイント活字の大きさで、手書きの二倍以上の文章は優に書ける。ちょっとした手紙の内容くらいにはなるのである。(かくいうわたしも、ほとんどの場合はがきとワープロで間に合わせている。)

本を贈った方の立場からすれば、やはり内容に立ち入った意見を聞きたいのが本音であろう。片手間の仕事でできた本ならまだしも、長年の苦労の結晶であればなおさらである。それを絵はがき一枚で誤魔化されてしまった（とそう思いたくなるのだが）のではたまらない。

そういう失礼な（？）礼状の多いなかで、丁寧に読んで感想や批評を書いてくれたものはありがたい。めったにないことだが、たまにそういう文章に出合うと繰り返し読んでみたい衝動にかられる。しかし、なかには本を読んでくれてはいるか、やたらに欠点ばかりを指摘して、内容についての批評は空疎なものがある。そういうのは、ありがた迷惑というべきであろうが、何も書かない儀礼的な礼状よりははるかにましである。誤字や脱字を指摘してくれるひともいる。これはたいへんありがたい。こういう指摘のなかには、日頃気づかずに使っている漢字などで、一度は正された方が本人のためによいというようなものもあってまことに貴重である。しかし、この種の指摘には自ずから限界というものがある。いかにも「ほーら、どうだ」といわんばかりに、重箱の隅よろしくこまごまとあらをほじくり出されると、された方はうんざり、げんなりというのが落ちであろう。なにごとにもほどほどというものがある。

誤字や脱字で思い出したが、よく書評などで、ページ数まで入れて、誤字、脱字をズラリと列挙しているのを見ることがある。こういうのを見ると、わたしには悪趣味としか思われない。書評するひとの得意気な顔が想像できるのも困ったものだが、このような些細な（そして、主として著者だけにかかわるような）間違いを「書評」という名を借りて天下に公表すること自体どこかおかしい。間違いに気づけば、直接著者に手紙を書くか、住所が不明なら出版社気付で書くこともできる。それが親切というものであり、書評家の良識というものであろう。本来書評は著者に向かって書かれるものではなく、読者のために書かれるものであろう。誤字や脱字の指摘をしても、一般の読者には何の益にもならないのである。

おもしろいのは、そういう誤字・脱字の指摘のあとに、必ずといってよいほど、「重版のときには訂正されたい」ということばが書き加えられていることである。なぜおもしろいかといえば、こういう指摘がされるのは、たいてい学術書のような固い本の場合で、著者には気の毒だが、よほどの幸運にめぐまれないかぎり、「重版」はありえないと思われる本だからである。これを書評家の皮肉ととるべきか、単なる親切心ととるべきか、それとも書評の締め括りはかくあるべしと思い込んでいるのか、ともかくもこれはブラック・ユーモア以外の何ものでもない。

それだからこそよけいに、誤字・脱字の指摘は著者本人にすべきものなのである。書評は、その本が扱う専門分野のひとにやらせるべきではないという意見さえある。

さて、著者としてひとに本を贈った場合とは逆に、ひとから本を贈ってもらった場合はどうであろう。本をもらえば誰だってありがたい。著者に感謝するのは当然である。――しかし、なかにはつぎのように考えるひとがいるかもしれない。「なんでこんな忙しいときに送ってくれたのだろう、ひとの気も知らないで。また仕事がひとつ増えた、やれやれ！」


電話はこちらの都合とまったくかかわりなくかかってくる。風呂に入っていようが、寝ていようが、取り込み中であろうが、一向におかまいなしである。たしかに「ひとの気も知らないで」といいたくなるときがある。おそらく上のようなひとは、電話がかかってくることと本を贈呈されることとを同次元で考えるひとであろう。しかし、はたしてそうであろうか。本の場合は、電話と違って取るものもとりあえず行動を起こさなければならないということはない。少し待ってもらって、暇になったときに読むことができるし、とりあえず礼状を書いて、あとでゆっくりと感想を書き送ることもできる。

とはいいながら、あとでゆっくりというのにはかなりの危険性がともなうことは否めない。本の場合にかぎらず、「あとで」というのがなかなか曲者だからである。結局はさきに送った礼状だけで、あとにつづくものなしというのが一般であろう。それに「あとでゆっくり読んで」などと書くと、それだけで負担になるし、「ゆっくり読んだ」以上はそれ相応の感想やら批評やらを書かねばならない。そうなると重荷は増す一方である。――そこで、たいていのひとは、受け取ったらとりあえず礼状を書く。本を読まなくとも書く。それでややこしい儀式をひとまず終えるのである。

わたし自身の場合はどうか。少なくともわたしはそんなふうに贈呈本をとり扱ったことはない。どんな本でも――たとえ自分の能力のおよばない本や専門外の本でも――とりあえず目を通すことにしている。さきの電話と同様、贈呈本はいつ送られてくるかわからないので、あらかじめそのための時間をとっておくわけにはいかない。いわば飛び入りの仕事ということになるが、ひとたび本を受け取ると、礼状を書き送るまでは気分が落ち着かない。そういう気分を長引かせると精神衛生上よくないことはわかっているので、おそくとも二週間以内には返事を書く。早いときは数日中ということもある。大部な本で、とても一週間やそこらで読み通すことができないときは、途中まで読んだ感想を書く。身辺多忙で、当分のあいだとても読めそうにないと見きわめをつければ、やむなく「はしがき」と「あとがき」を読む。そして、中途まで読んだときと同様、著者にはそのことを伝えた上で感想を書く。

これが、本を贈ってくれたひとに対する礼儀であり、感謝のしるしであろう。向こうが苦労して書いた本をもらったのだから、こちらも多少の苦労はいとわぬというのは、考えてみればごく当たり前のことである。

しかし、そういうわたし自身も、本を贈ってもらって、いつもいつもにこにこ顔というわけではない。ときには早く返事を書かなければと思いつつ、一向に読む気になれず、当の本を横目で見ながら強迫観念のような思いにとらわれることもある。そんなときでも、自らを説得しなだめすかして、なんとか切り抜けてきたのである。

——以上のようなことは、本にかぎらず雑誌や大学の紀要類を贈られたときにもいえる。これらはページ数も少なく、その気になれば一気に読むことができるので、返事は比較的早く書くことができる。ところが、贈る立場になった経験からいうと、結果は本の場合とあまり変わらない。むしろこちらの方が悪いといってもよいくらいである。

——つまり、梨のつぶてというのが多いのである。単行本と同じ時間と労力をかけて書いたものであっても、雑誌や紀要類となると、とたんに無視できるものと考えているらしい。

いずれにせよ、本を贈るとき理想的なのは、相手の意向を聞いた上で贈ることだろう。これはなかなかできないことだが、わたしの友人のなかには、詩集を出すたびに、「一冊受け取っていただけるでしょうか」と申し訳なさそうに聞くひとがいる。本を贈る方が謙虚であれば、贈ってもらう方はより一層謙虚でなければならないだろう。

第6章　わたしのことなど

大学の研究室

大学の研究室はわたしにとっての書斎である。家にも書斎はあるが、過ごす時間の点では、大学の研究室の方がはるかに多い。というのも、わたしはほとんど毎日研究室に出かけているからである。たまに家にいることがあっても、あまり能率があがらないことをわたしは知っている。妻が働きに出ているので、家にいるときはわたしひとりである。それがさびしいなどというつもりは毛頭ないが、ひとりでいるといやなことがいろいろあるのである。

まず、洗濯屋である。洗濯屋は月曜日と木曜日の午前中にやってくるが、この洗濯屋がどうも好きになれない。頭のてっぺんから一オクターブ高い声を出し、馬鹿丁寧で、動作がどこか女性っぽい。こちらが出す衣服についても「いい色をしていますね」とか「いい品物ですね」とか何か一言いわないと気がすまない。——その洗濯屋と顔を合わせなければならないと思うと、それだけでもう午前中が鬱陶しくなってくる。そこで、近頃では前もって妻が裏の物置に洗濯物を入れておき、そこから持っていってもらうことにしている。その間はもちろん玄関の鍵はかけておく。

ときに鍵をかけ忘れることがあるが、洗濯屋の問題はおおむねこれで解決した。しかし、いやなのは洗濯屋だけではない。よくやって来るのが宗教団体の勧誘員で、たいていは小さな子供を連れている。女性のふたり連れのときもある。こういうひとたちには最初から引き取ってもらうことにしているのだが、何かのきっかけで一度話すチャンスを与えるともう駄目である。制止する間もあらばこそ、速射砲のようなことばが際限もなく飛び出してくる。こちらがいかに世俗にまみれた人間であるかをわかってもらうのにずいぶんと時間がかかるのである。

物売りもよくやってくる。一度は消防署から来たというふたりの男が、玄関先で紙に火をつけ、その場で消火する実験をし、まんまと騙されて消火器を買わされたことがある。あとでわかったことだが、消防署とは真赤なうそ、じじつは「消防社」であったのだ。発音の仕方によっては、消防署と聞こえるし、相手もそれを狙って最後の部分をあいまいに発音する。その後、この「消防社」と消火器は新聞で大きく取り上げられ、妻の物笑いの種にされた。

このほかにも、物売りはたくさんくる。近郊のばあさんが、自分の畑でとれた野菜を売りに来たり、産地から直接運んで来たといって、果物や海産物を売りにくる。産地直送の月夜の蟹を買わされ、散々な目にあったこともある。

わたしは物売りに弱いのである。かれらのいうことを聞いていると、ついその気になって買ってしまう。それで何度も失敗しているので、物売りには初めから会わない方がいい。そのためには、玄関の鍵をかけておくのが一番よいのだが、必ずしもそうはいかないのである。郵便屋が書籍小包を持ってきたり、ときに宅配便で本がとどいたりするからである。といっても、これらは玄関わきの壁に、不在中は物置に入れてくれるようにと書いた紙切れを貼っているので、ほとんど問題ないのだが、問題は書留便がきたときである。これまで書留便をもらいに何度郵便局へいったことだろう。家にいながら、玄関の鍵をかけていたばかりに、遠くの郵便局まで出かけねばならないとなれば、よけいにおもしろくない。——そんなわけで、結局洗濯屋の来る日の午前中以外は玄関の鍵をかけないでおく。その結果は上に述べた通りである。読書は中断され、思考は宙に舞い、雑念はしきりとわき、ついには書斎を去り居間のテレビに救いを求めるという仕儀に相成る。

これが家にいるときの現実である。研究室へ出かけていくのはもちろんこうした現実を回避するためである。弁当を持って毎朝一定の時間に家を出て、一定の時間に帰宅する。一般のサラリーマンとほとんど変わるところがない。習慣になれば、生活にリズムができて結構苦にはならないのである。そして、なによりもよいことは、家にいるときのようないやな思いをしなくてすむ。研究室にはあまり邪魔が入らないからである。邪魔といえば、正直いって一番大きな邪魔は教室での講義ということになるが、しかしこれは生活をささえるための手段であるから、文句のいえる筋合いではない。会議もある。これも本業の一部である。これら本業をこなしたあとは、しかし、すべてが自分の時間である。その時間のほとんどをわたしは研究室で過ごしている。家の書斎は夜の時間を過ごす憩いの空間である。

というわけで研究室はわたしの「書斎」なのである。書斎ということになれば、そこには当然自分の研究題目とかかわる本を主に持ち込む。それ以外の本も置くには置くが、おおむね研究室には研究用の本、家にはそれ以外の本というふうに、わたしは蔵書をその性格によって二分しているのである。

そこで、わたしは時々思うことがある。研究室においてある本が火災にあって全焼したらいったいどうなるであろうかと。長年かけて、こつこつと買い集めた本である。いまではもう買えない本も少なくない。自分でいうのも変だが、わたしは多少ひとと変わったことをやっているので、これらは古本屋をさがしてもたやすく見つかる種類の本ではないのである。それが焼けてしまったらどうなるか。わたしは戦災で蔵書のすべてを灰にし、失意のあげく学問を放棄してしまったひとの話を思い出す。はたして、わたしもまた学問を放棄するであろうか。

——さて、研究室は邪魔が入らなくてよいと書いたが、完全に難を逃れているわけではない。なにしろ、研究室の廊下はホテルの廊下と同じで外の通路の延長である。誰が入ってきても咎める者はいないし、じじつ誰でも入れるようになっている。したがって、ここにも物売りはやってくる。といっても、さすがは洗濯屋や宗教団体の勧誘員は姿をあらわさない。ここへ来るのは主として丸善、紀伊国屋、三省堂、ナウカ、雄松堂などというういわゆる洋書専門店の販売員である。毎週一回顔を出すのもいれば、一年に一、二回というのもいる。かれらはたいてい予告もなしに、ドアのノックひとつで部屋に入ってくる。こちらの気持ちなど一向におかまいなしである。いかにも申し訳なさそうな顔をするのも時たまいるが、たいていは悪びれる様子もなく、当然のような顔をして入ってくる。いったい全体誰がこのような無礼を許すことができるであろうか。

家にいてもこんなことは起こり得ない。玄関先で用件をすますのがふつうで、まさか物売りをいちいち客間や書斎に通す奇人もいまい。ところが、ここでは物売りが直接「書斎」に踏み込んでくる。「聖域」とまではいわないが、少なくとも「仕事場」にまで入って来る。これは由々しき問題である。

しかし、販売員のなかにはおもしろいのもいて、そういうひとはたいてい本好きと決まっているのだが、商売を離れて長時間話し込んでしまうことがある。そうなると、ひとりの本好き人間の仲間として、それ相応の遇し方をしなければならない。「書斎」に入り込まれたからといって文句はいえないのである。こういうひとは、しかし、近頃ではめったにいなくなった。商売には熱心であっても、本にはあまり関心がない。本好き人間とまでいかなくとも、自分の扱う本のことぐらいは知っておいてほしいものである。

洋書の販売員がさきに述べたような態度をとれるのも、洋書に対する日本人の偏見のせいではないだろうか。洋書をありがたがる風潮である。洋書は西洋文化の窓口だという神話がいまだに残っている。その文化の運び手である販売員が多少の迷惑をかけてもやむを得ないと考えるのである。販売員もまた文化の運び手としての自負を持っている。しかし、洋書といえども、玉石混淆、よい本もあれば、じつにつまらない本もある。このことを自他ともに認識する必要があるだろう。「文明開化」は遠い昔の話である。

研究室にやって来るもうひとりの物売りはテキスト出版社の販売員である。数十社もある英語のテキスト出版社がすべて販売員を送るとはかぎらないが、それでも毎年一〇社くらいはやって来る。かれらはカタログや見本の入った重たいカバンを持って大学から大学へ、研究室から研究室へと渡り歩く。新刊のテキストのできあがる一二月から一月にかけてはとくにひんぱんで、同じ日に二、三社が競合することさえある。

そういう販売員といちいち会っていたらきりがないので、面倒なときには、ドアの鍵をかけて敬遠することもある。しかし、テキストとなれば直接本業とかかわる部分でもあるので、むやみに遠ざけるわけにもいかない。年中行事のひとつと思ってあきらめるよりほかないのである。

研究室には以上のほかにも邪魔は入るが、家にいるときのことを思えば、我慢できないほどのことはない。仕事が立て込んでひとに会いたくなければ、不在を装うこともできる。ノックがあっても応じなければよい。ともかくも「わたし自身の部屋」を確保できるのである。

このようにして長年研究室に通っていると、いろいろなことを見聞する。研究室から垣間見た人間模様――これは一考に値する題材であろう。

海外留学の仕方

わたしがこの『ひろば』に書いたのはいまから四五年ほどの前の就任してきたばかりのころである。それが最初でそれ以後は一度も書いたことがないので、今回が二度目である。わたしは今年いっぱいで愛大を去るので、その最後の年に書くのも何かのめぐり合わせだろうと思っている。最初の原稿は何を書いたかはっきりは覚えていないが、たしか本を借りに金城学院大学の図書館に行き、あの長い坂を登るのに苦労した話を書いたような気がする。あの頃、この近辺の大学には金城学院にしかアメリカ近代語学会の機関誌PMLAのバックナンバーがなくて、それを見るためにわざわざ何度か通ったのである。いまはどこの大学にもある定番の学会誌であるけれど。これを見てもわが愛大の図書館がその頃いかに本が揃っていなかったかがわかる。

あれから四五年、月日のたつのは早いもので、その間おこったこと経験したことを思い出すままに書くのもいいが、そういうことは別の機会にして、今回はわたしの経験した留学の話をしておきたい。留学といっても、この場合の留学は多くのひとが行く一年間（かつては二年間の留学もあった）の海外留学のことではない。わたしもそういう留学はしたことがあるし、それなりに充実した海外生活を送ったことはある。

今回の話はわたしがしたそのような長期の留学と必ずしも無関係ではない。わたしがオックスフォードの留学を終えて帰国したのは一九九三年の三月であった。そしてさっそくその年の七月末から九月初めにかけてオックスフォードに戻り、それ以後今年の夏まで毎年オックスフォードに通っている。家族が合流することもあるが、たいていはひとりである。オックスフォードの魅力が忘れられなくて毎年行っているのである。

七月の終わりから九月の初めにかけての日本は暑くて耐えられない。それに引きかえ、イギリスの夏は夏とはいえ秋、もしくは初冬の感じでたいへん過ごしやすい。ときにはセーターを着て寒さをしのぐこともあるが、それでも日本の暑さとくらべれば問題外である。この時期のイギリス行きは避暑がわりといってもいいほどである。

わたしはそういう条件のいい気候のなかで夏を過ごしながら、オックスフォード滞在中は土・日を除いてほとんど毎日大学の図書館（ボドリアン・ライブラリー）に通う。といっても朝から晩までそこにいるわけではなく（そうすることもあるが、とても疲れて駄目）、午前中だけ出かけ、必要な資料を手に入れると、昼食は宿舎に帰ってとり、少し昼寝をして、さきの資料を読み始める。ボドリアン・ライブラリーは本の貸し出しを一切しないので、資料というのは本の必要な個所をコピーしたものや雑誌論文のコピーである。単行本の場合は市の中心にある公共図書館で借りてくるが、こちらの方は当然のことながら蔵書量においてはるかに見劣りがする。蔵書に関しては、ボドリアン・ライブラリーはイギリス最大の蔵書量を誇るブリティッシュ・ライブラリーにつぐ図書館で、ここにはない本はないといってもいいからである。

というわけで、わたしがオックスフォードで過ごす最大の目的は、この「本の宝庫」と隣り合わせに住むということである。読みたい本がすぐそこにあるのはありがたい。至福といってもよいだろう。本を読んでいて引用された参考書目の本をすぐ手にとって見られるのはうれしい。参考書目からつぎに読むべき本を見つけるのは常識だが、その意味でわたしは膨大な蔵書を擁する自分の書斎のなかにいるようなものである。

夏、オックスフォードに滞在するもうひとつの楽しみはイギリス国内でおこなわれる学会に行けることである。ご当地オックスフォードでおこなわれる学会も多く、遠くても電車に乗ればとなり町に行くような感覚で容易に行ける。なぜか夏の学会の多くは七月二〇日前後におこなわれるが、わが方はまだ学期の途中なのでなかなか行けないが、さいわい八月の終わりから九月の初めにかけての学会もいくつかあり、帰国直前の数日間を学会で過ごすのは短い滞在の総仕上げみたいなものである。わたしの関心のある書物の文化史という領域は最近全世界で注目されるようになり、それだけ学会の数も多くなった。そのどれかに行けば必ずわたしの古い友人に出会えるのも楽しみのひとつである。

このようにしてオックスフォードの夏はまたたく間に過ぎていく。それでいて、帰るときの充実感はまた格別のものがある。一年中の仕事を一カ月あまりのあいだにやり終えたような充実感である。わたしはここ一〇年間このようにしてオックスフォードの夏を過ごしてきた。時折はロンドンへ出て、ブックフェアに行くこともあるが、幸か不幸か夏はブックフェアの霜枯れ月でロンドンでもたった一回しかおこなわれない。それを逃すともうチャンスはないので、必ず出かけることにしているが、行けばそれなりの収穫はある。ちなみにオックスフォードからロンドンまではバスで一時間半、バス代も往復を買えば格安だし、六〇歳をすぎるとシニアー料金が適用されるのでさらに安くなる。

さて、わたしがいう「留学の仕方」というのは、すでにおわかりのように、三〇日か四〇日の夏休みのあいだにそれ相応の大学町に住み、それを毎年つづけるという方法である。そうすれば、たとえばわたしのように一〇年間つづけると一回四〇日の滞在で、四〇×一〇＝四〇〇日間の滞在になる。これは一年間留学したのと同じである。しかもこの留学は一年間の長期留学とは内容と質の点でまるで違う。長期留学の場合は異国の地になれるのに一、二カ月はかかる。慣れても研究体制を整えるまでにはかなりの時間を要し、ようやくそれが整い自分の時間を持てるようになると、今度は遊び心も出てくるし、中だるみも避けがたい。そう考えると、一年のうちいったい何カ月研究に没頭できたかいささか疑問である。そうしているうちにもう帰るときがくるのである。わたしのいう「留学の仕方」がいかに充実しているかがわかるだろう。

さて、最後に書いておかねばならないのは、三〇日ないし四〇日のあいだどこに寝泊まりするかである。一番簡単なのはホテルだが、これだと資金がつづかない。つぎはイギリスの場合ベッド・アンド・ブレックファースト（B＆B）というのがある。これはホテルよりも格安だし長期に滞在すれば割引料金もある。そのかわり部屋は狭くトイレも共用というところがあるので、そこはひとふんばり、ふつうよりいくぶん高めの部屋をとるのがよい。なるべく町の中心に近い場所を選ぶ必要もあるだろう。――などと書いてくると、なにやら観光案内の文章のようになってくるが、重要な点なので書いておかねばならないだろう。

かくいうわたしはどうしているかというと、かつて滞在したオックスフォードと大いに関係がある。わたしが所属していたペンブルック・カレッジ（ドクター・ジョンソンのカレッジでよく知られる）が好意的に宿舎を提供してくれ、私は教員用の特別室に格安料金で住んでいる。厨房もあり生活用品もすべて揃っており、食事は自炊だが自由で快適な生活ができる。――じつはいまその宿舎でこの文章を書いているのである。

定年は人生の通過点

人生が五〇年だった時代には、五〇歳というスパンを自ら設定してひとは人生設計をたてたのだと思う。そうでなければ四九歳で死んだ漱石はあれほどの仕事を残さなかっただろうし、二六歳で死んだ啄木についてはは何をかいわんやである。

それ以後、世の中は進み、いまや人生八〇年の時代になった。このままだと人生一〇〇年の時代になるのも時間の問題だろう。それを先取りするように、私は自分の人生を一〇〇歳に設定して人生計画をたててみたらどうかと考える。そうなると、これまでの私の七〇年はどう考えればいいのだろうか。

ふり返れば、大学院を終えて就職したときが、私にとっては研究者の駆け出し時代であった。論文を一、二編書いただけで就職し、ようやく本腰を入れて研究に取りかかろうとした時代だから、助走期間と呼んでよいだろう。そして、この期間は一五年ほどつづき、ようやく四〇歳になったとき、私は一冊の本を出版することができた。一般的にはかなり遅い出発だったが、一応の区切りをつけるにはよい時期だったと考える。さいわいこの本はかなりの評価を得て、二つの賞をもらうというおまけまでついた。

これを契機に、とにかくも私の助走期間は終わり、以後はいよいよ本格的な走行の時代に入った。といっても、この時期の私の仕事の詳細をあれこれ述べるわけにはいかないので、ここでは結果だけいっておくと、約三〇年間に著書五冊、編著二冊、翻訳一冊を出版した。それらを内容別に分けると、一番多いのは「書物の文化史」といわれる分野で、作家業の成立とその発達、出版史、貸本文化史、書評、読者史などを扱っている。これらはいずれも処女作の『作家への道』の系列につながり、わたしのメイン・テーマといってよいものである。今後もこの分野は一層深く広く研究しなければならず、そのための資料や参考図書は多数わたしの手元にある。

つぎはイギリスの一八世紀から一九世紀にかけての風刺版画（カリカチュア）と挿絵に関する研究である。イギリスにはウィリアム・ホガースに始まり、ジェイムス・ギルレイ、トマス・ローランドソン、ジョージ・クルックシャンクとつづく風刺版画家の大きな流れがあり、忘れがたい風刺版画（一枚物版画）を多数生み出した。いずれも適度に「風刺の毒」がきいたイギリス独特の版画である。ところが、多くの画家を輩出したにもかかわらず、一八二〇年代を境にこの時代は突如として終わりを告げる。その後風刺画は新聞・雑誌に場所を移し、『パンチ』誌その他の流行を見るが、それと軌を一にして小説の挿絵時代が始まる。新聞・雑誌の風刺画と小説の挿絵が風刺版画という同一の根から生まれたのはたいへん興味深い。このうちわたしは風刺版画についてはまだ十分な成果をあげておらず、挿絵についてはは『挿絵画家の時代』を出版したものの、一八六〇年代を境とするラファエル前派時代以後はまだ手つかずの状態である。今後これを終えないで生涯を閉じるわけにはいかないのである。

つぎは『自転車に乗る漱石』に代表される一〇〇年前のロンドンの日本人についての研究である。これには漱石のほか、画家の牧野義雄、原撫松、柔道家の谷幸雄などがふくまれ、漱石についてはある程度成果を上げることができたが、その他については資料的な制約ゆえに、いまだ多くの課題を残している。

このように、わたしの研究はいまだその途上にあり、完成まであと何年かかるかわからない。しかし、人生一〇〇年と考えればまだ三〇年の猶予がある。これだけあれば、これまでに出した数の本くらいは出せるかもしれない。――というわけで、わたしの定年はまさに人生の通過点に過ぎないのである。

【初出一覧】

第1章　イギリスの古本屋たち
イギリスの古本屋　胡蝶豆本22　胡蝶の会　昭和五七年七月一五日
海を越えた友情『チャリング・クロス街八四番地』（新稿）
ジョージ・ジェフリー　路上の古本屋（新稿）
奇妙な出会い　『蟄居庵通信』2　一九八六年八月
魔法の国の本とジャーナリズム　『英語教育』二〇〇三年一〇月増刊号

第2章　ソウルの古本屋
極寒のソウルで　『蟄居庵通信』5　一九八七年三月
一枚の絵はがき　『蟄居庵通信』6　一九八七年五月
高橋新吉と李鳳九　『蟄居庵通信』7　一九八七年七月

第3章　仙台の古本屋など
青春の仙台　東北大学中部支部同総会『会報』一九九八年
仙台の古本屋思い出すまま　『蟄居庵通信』1　一九八六年六月
名古屋で出した『日本古書新聞』『中日新聞』二〇一五年三月六日

第4章　本と人と　作家と画家たち
ジョン・ウエインのこと　『蟄居庵通信』1　一九八六年六月
エドワード・ガーネット——現代イギリス文学を育てた生涯　『学鐙』昭和六〇年八月
霧を愛した画家——牧野義雄の生涯　『英語教育』一九九九年一二月〜二〇〇〇年二月
ロンドン博物館と牧野義雄　『中日新聞』二〇一四年四月二五日

第5章　本とその周辺
『作家への道——イギリス小説出版』について　『出版ニュース』一九八一年五月
『ジャック・アンド・ベティ』の世界　『図書館ニュース』平成元年四月
本の献辞の誕生　『朝日新聞』一九九〇年六月一五日
貸本屋の時代　『蟄居庵通信』2　一九八六年三月
古書カタログについて　『雨亭通信』3　一九八五年一二月
ある書評雑誌のこと　『雨亭通信』5　一九八六年六月
『ブックス』の登場　『蟄居庵通信』4　一九八七年一月
集書のよろこび　『蟄居庵通信』5　一九八七年三月
受贈本について　『蟄居庵通信』4　一九八七年一月

第6章　わたしのことなど

大学の研究室　『蟄居庵通信』1　一九八六年六月
海外留学の仕方　『ひろば』二〇〇八年一二月　愛知大学教職員組合
定年は人生の通過点　『ひろば』二〇〇九年二月　同

＊ここにある『蟄居庵通信』というのは私が出していた趣味の豆本で、短い文章を何編か集めて出したワープロ仕立ての極小雑誌である。現物が残っていないので詳細はわからないが、さいわい古いフロッピー・ディスクが残っていたので文章だけは起こすことができた。
＊収録にあたってタイトルを変更しているものもある。

あとがき

この本に入れたわたしの文章はいずれも個人的色彩の濃いもので、わたしの生き方や考え方と深くかかわっている。イギリス、韓国ソウル、仙台の古本屋の思い出にしても、エドワード・ガーネットや牧野義雄にしても、これまでのわたしの好みや趣味と大きくかかわりがある。貸本屋、受贈本、『ジャック・アンド・ベティ』などもそうである。とくに最後の大学の研究室、海外留学の仕方、定年は人生の通過点にいたってはわたし自身の私生活を述べたようなものである。

わたしの研究にかかわるものといえば『作家への道』にふれた文章があるだけである。この文章はわたしの処女作について書いたもので、この本が出版学会賞の佳作を受賞したとき、授賞の言葉として『出版ニュース』誌上に寄稿したもので、読んでいただけるとおわかりのように、わたしの研究と抱負を述べたものである。これ以後これをメイン・テーマにして、わたしの研究は幅を広げ、イギリス一九世紀の挿絵の研究をはじめ、それに先行する一八世紀末から一九世紀にかけての風刺版画の研究におよび、今度はわが国に立ち返って夏目漱石の留学とイギリスとの関係に行きついた。外国のことばかりにとらわれていると、どうしても自分のアイデンティティのなさが不安になってくる。心のバランスをとるためには漱石が最も適した対象であり、最もわたしの趣味に合うものであった。

本来ならば、『作家への道』のところで述べたように、それぞれの研究の概要に触れるべきだが、それについては最後の［著者略歴］でふれている本を見ていただけるとありがたい。ただし先に述べた「風刺版画」についてはいまだ完成しておらず、いずれ今年中には実現できればと思っている。

以上が「あとがき」で書きたい、あるいは書くべき内容であるが、「あとがき」で書くことはもうひとつある。英語でいうアクノレッジメントである。つまり感謝の言葉である。

そこで改めて述べたい。これまでわたしの生き方や研究の内容を陰ながら支えてくれた多くの先輩、友人、知己に深甚なる感謝のことばを申し述べたい。わたしのやることに何ひとつ言葉をさし挟まず、自由気ままにやることができたのはそういうひとたちのおかげである。

そして最後に、風媒社の編集者林桂吾氏の熱意と情熱を忘れるわけにいかない。この本がこのようなきれいな本に仕上がったのも氏のおかげである。

清水一嘉

［著者略歴］
清水一嘉（しみず・かずよし）
1938年神戸市生まれ。東北大学文学部卒業、同大学文学研究科修士課程修了。現在、愛知大学文学部名誉教授。専攻は英文学、英国文化史。
［著書］『作家への道——イギリスの小説出版』、『イギリス出版史』（ともに日本エディタースクール出版部）、『イギリスの貸本文化』（図書出版社）、『イギリス近代出版の諸相』（世界思想社）、『挿絵画家の時代——ビクトリア朝の出版文化』（大修館書店）、『自転車に乗る漱石——百年前のロンドン』（朝日新聞社、朝日選書）、『漱石とその周辺——100年前のロンドン』（松柏社）
［編著］「第一次大戦とイギリス文学——ヒロイズムの喪失』『読者の台頭と文学者——イギリス一八世紀から一九世紀へ』（ともに世界思想社）
［翻訳］ジョージ・ジェファーソン『エドワード・ガーネット伝——現代イギリス文学を育てた生涯』（日本エディタースクール出版部）

装幀／三矢千穂

懐《なつ》かしき古本屋《ふるほんや》たち

2018年9月20日　第1刷発行　（定価はカバーに表示してあります）

著　者　清水 一嘉
発行者　山口 章

発行所　名古屋市中区大須1丁目16番29号
電話 052-218-7808　FAX052-218-7709
http://www.fubaisha.com/
風媒社

乱丁・落丁本はお取り替えいたします。　＊印刷・製本／シナノパブリッシングプレス
ISBN978-4-8331-2102-6